ŒUVRES DE

MILAN KUNDERA

米兰·昆德拉

———

著

马振骋

———

译

慢

LA LENTEUR

上海译文出版社

1

转念间，我们想到一座城堡去过上一宿。在法国，城堡改成酒店的很多：遗落在一片难看、不见绿色的土地上的一块方形绿地；围在巨大公路网中间一个带花径、树木、禽鸟的小角落。我驾着车，从后视镜中看到一辆车子跟在后面。左转向灯不停闪烁，全车发射出急不可待的电波。司机在等待机会超越我；他窥伺这个时机就像猛禽窥伺一只麻雀。

薇拉，我的妻子，对我说："法国公路上每五十分钟要死一个人。你看他们，这些在我们周围开车的疯子。就是这批人，看到街上老太太被人抢包时，知道小心翼翼，明哲保身。一坐到方向盘前，怎么就不害怕啦？"

怎么说呢？可能是这样：伏在摩托车龙头上的人，心思只能集中在当前飞驰的那一秒钟；他抓住的是跟过去与未来都断开的瞬间，脱离了时间的连续性；他置身于时间之外；换句话说，他处在出神状态；人进入这种状态就忘了年纪，忘了老婆，忘了孩子，忘了忧愁，因此什么都不害怕；因为未来是害怕的根源，谁不顾未来，谁就天不怕地不怕。

速度是出神的形式，这是技术革命送给人的礼物。跑步的人跟摩托车手相反，身上总有自己存在，总是不得不想到脚上水泡和喘气；当他跑步时，他感到自己的体重、年纪，就比任何时候都意识到自身与岁月。当人把速度性能托付给一台机器时，一切都变了：从这时候起，身体已置之度外，交给了一种无形的、非物质化的速度，纯粹的速度，实实在在的速度，令人出神的速度。

这是奇怪的联盟：技术的无人性冷漠与出神状态的烈焰。我记起三十年前那个美国女人，她的外貌既严峻又热情，类似一名谈色情的政工干部，给我上了一堂性解放课（只是冷冰冰的理论）；她谈话中最常说的词就是"性欲高潮"，我数了数：四十三次。性欲高潮崇拜：折射在性生活中的清教徒实用主义；医治闲散的特效药；尽快越过性交出现的障碍，以求达到心驰神往的宣泄——爱情与宇宙的唯一真正目标。

慢的乐趣怎么失传了呢？啊，古时候闲荡的人到哪儿去啦？民歌小调中的游手好闲的英雄，这些漫游各地磨坊、在露天过夜的流浪汉，都到哪儿去啦？他们随着乡间小道、草原、林间空地和大自然一起消失了吗？捷克有一句谚语用来比喻他们甜蜜的悠闲生活：他们凝望仁慈上帝的窗户。凝望仁慈上帝窗户的人是不会厌倦的；他幸福。在我们的世界里，悠闲蜕化成无所事事，这则是另一码事了。无所事事的人是失落的人，他厌倦，永远在寻找他所缺少的行动。

我看后视镜，还是那辆车，由于迎面而来的车流而无法超越我。司机旁边坐着一个妇女：那个男人为什么不对她说些有趣的事呢？为什么不把掌心按在她的膝盖上？这些都不做，却咒骂前面的驾车人开得不够快。那个女人也没想到用手去碰碰驾驶员，她在心里跟他一起开车，也在咒骂我。

我想起从巴黎朝着一座乡间城堡去的另一次旅行，发生在两百多年以前，那是 T 夫人和陪送她的青年骑士的旅行。他们第一次挨得那么近，笼罩在他们四周的那种不可言喻的性感氛围，正是由于一路上慢慢悠悠引起的。马车往前走，摇得他们两个身体一颠一颠相互碰上了，起初不知不觉，然后有知有觉，这样故事发生了。

2

以下是维旺·德农短篇小说写的故事：一名二十岁的贵族有一个晚上在戏园子里。（没有提到他的姓氏和爵位，但是我猜是骑士。）他看到旁边包厢里有一位夫人（小说只给出她的姓氏的第一个字母：T 夫人）；这是与骑士相爱的伯爵夫人的一个女友。她要求他在演出后送她回家。这名骑士对她执意要这样做表示惊讶，尤其叫骑士感到困窘的是他还认识 T 夫人的相好，一个什么侯爵（我们不会知道他姓甚名谁；我们进入了一个秘密世界，那里面是没有名字的）。他莫名其妙地进了车厢坐到美夫人旁边。经过一段轻松愉快的旅途，车辆在乡下一座城堡台阶前停下，T 夫人的丈夫在那里，没有好声气地等候着他们。他们三人一起用餐，气氛沉默阴郁；然后丈夫请求他们原谅，撇下他们失陪了。

这时候开始了他们的夜晚，一个其组成如同三折画的夜晚，一个如同三阶段旅程的夜晚：首先，他们在花园里散步；然后他们在小屋里做爱；最后他们在城堡的一间密室内继续做爱。

他们在凌晨时刻分手。骑士在走廊的迷宫里找不到自己的房间，又回到花园，他在那里遇到侯爵，不由一惊，他知道侯爵是T夫人的情人。侯爵刚刚抵达城堡，高高兴兴向他致意，告诉他这次神秘邀请的原因：原来T夫人需要一个挡箭牌，好让他侯爵在她的丈夫眼里不致引起怀疑。侯爵做成了这场骗局兴高采烈，对骑士充当了可笑的假情人大加嘲弄。假情人经过一夜云雨后累了，坐上满怀感激的侯爵派的车子回巴黎去。

小说名叫《明日不再来》，初次发表于一七七七年；作者署名是令人费解的六个大写字母（因为我们是在秘密世界）：M. D. G. O. D. R.，可以认为是"M. Denon, Gentilhomme Ordinaire du Roi"（德农大臣，国王御前常任侍从）。此后，一七七九年又完全匿名重新出版了一次，印数不大；然后又在第二年用另一作家名字出版；一八〇二和一八一二年又出新版，总是不用作者的真名实姓；最后，在被遗忘半世纪以后，于一八六六年再度问世。从那时开始，这部书被认为是维旺·德农撰写的，到了本世纪，声誉日隆。今日似乎可以归入最像代表十八世纪艺术与精神的文学作品的行列。

3

　　日常语汇中，享乐主义指追求享乐生活、即使不说是堕落生活的一个不道德倾向。这当然是不确切的，伊壁鸠鲁[①]是第一位研究乐趣的大理论家，他抱着一种极端的怀疑态度理解了什么是幸福生活：他认为不痛苦就是快乐。因而痛苦才是享乐主义的基本观念：懂得排除痛苦的人才是幸福的人；由于享乐带来的不幸往往多于幸福，伊壁鸠鲁只嘱咐世人享受节制平凡的乐趣。伊壁鸠鲁的明智却有一种忧郁的深层含意：人被抛入悲惨世界，看到唯一明白可靠的价值是乐趣，虽则它多么微不足道，还总是他本人能够体验到的乐趣，如喝一口清水，看一眼天空（面对仁慈上帝的窗户），抚摩一下。

---

　　① Epicurus（前341—前270），古希腊哲学家。

乐趣不论平凡还是不平凡，只属于感觉到的人，哲学家可以名正言顺地指责享乐主义的私有性。可是以我看来，享乐主义的致命弱点不是私有性，而是具有极端的乌托邦特征（哦，但愿是我错了！）：我确实怀疑享乐主义理想能不能实现；我担心的是他向我们嘱咐的生活与人类天性是格格不入的。

十八世纪通过它的艺术使乐趣摆脱了道德禁忌的浓雾，培养了一种所谓自由放荡的风气，弗拉戈纳尔①和华托②的画，萨德③、小克雷比永④或夏尔·杜克洛⑤的小说对此都有所表现。我的青年朋友义森特就是因此欣赏那个世纪；若可能，他会把萨德侯爵的侧面像别在上衣翻领上作为标志。我也有他这种崇拜心理，但是我还要说（并不真正有人理解）这种艺术的真正伟大之处不是对享乐主义作了什么宣扬，而是对享乐主义作了分析。这个原因使

---

① Fragonard（1732—1806），法国画家。
② Watteau（1684—1721），法国画家。
③ Sade（1740—1814），法国色情作家。
④ Crébillon fils（1707—1777），法国小说家。
⑤ Charles Duclos（1704—1772），法国作家。

我认为肖代洛·德·拉克洛[①]的《危险的关系》可算作是最伟大的小说之一。

书中人物不做别的,就是寻欢作乐。可是读者渐渐明白,使他们心动的不是欢乐,而是征服;不是欢乐的欲望,而是胜利的欲望主宰全过程。起初看来像是一场欢乐淫荡的游戏,不可察觉地、不可避免地转化为一场生死搏斗。但是搏斗跟享乐主义有什么共同之处呢?伊壁鸠鲁写道:"智者从不进行任何与搏斗有关的行动。"

《危险的关系》用书信体形式,这不是一个简单的、可以由另一个方法任意替代的技巧方法。这种形式本身就很有说服力,它告诉我们,人物的经历,确是他们亲身体验后才说的,流传的,散播的,忏悔的,并且写下来的。在这个把一切都可说得沸沸扬扬的世界上,最容易动用而又最致命的武器就是散播。小说主角

---

① Choderlos de Laclos(1741—1804),法国小说家,以其书信体小说《危险的关系》(*Les Liaisons Dangereuses*)著称,描写邪恶力量如何破坏单纯无知的人。

瓦尔蒙对被他引诱过的女人发出一封断交信,这把她毁了;信是他的女友德·梅尔特侯爵夫人,一字一句念了让他听写下来的。不久又是这位梅尔特,出于报复,把瓦尔蒙的一封私信交给他的情敌;情敌向他挑衅提出决斗,瓦尔蒙因此死去。死后他与梅尔特两人的私信散播开来,而侯爵夫人受人指责和摈弃,在轻蔑中结束了生命。

小说中不存在两个人的特殊秘密;每个人都像处于一只大蚌壳中央,每句悄悄话都会引起共振,音量放大,余音袅袅,不绝于耳。小时候有人告诉我,把海螺壳贴在耳朵上,可以听到上古时代的海水声。在拉克洛的世界里就是这样,每句话说出口以后,声音永远不灭。这就是十八世纪吗?这就是欢乐天堂吗?还是人并不意识到,自古以来就是生活在这样一只会共振的海螺壳里?无论怎么说,一只会共振的海螺壳可不是伊壁鸠鲁的世界。他告诫他的弟子说:"闭门度日!"

4

接待处的那个人很和气，比一般酒店接待处的人和气。他记得我们两年前来过这里，关照我们说自那时以来许多事都起了变化。大礼堂改装成了不同功能的小会议厅，还造了一个华丽的游泳池。我们好奇要看，穿过一个明亮的大堂，朝着花园有一排大玻璃幕墙。大堂尽头一座大楼梯下去就是游泳池，很大，铺着方形地砖，玻璃天花板。薇拉提醒我："上一次这个地方还是一座小玫瑰园。"

我们在房里安顿后又走进花园。绿色露台朝着塞纳河方向倾斜。景色很美，令我们心旷神怡，想多走一会儿。几分钟后，突然出现一条公路，车辆来往不断，我们掉头往回走。

晚宴很精致，每个人衣冠楚楚，仿佛要向旧时代致意，餐厅天花板下还战栗着那时的回忆。我们的邻座坐了一对夫妻和他们的两个孩子。其中一个直着嗓子唱歌。服务员端了盘子俯身对着他们的桌子。母亲目不转睛盯着他看，要他对孩子说句表扬的话，孩子见有人看着很自豪，站到椅子上面，更加提高嗓门。父亲的脸上露出一丝幸福的微笑。

波尔多佳酿，鸭肉，还有一道酒店秘制特色甜点，我们闲聊着，心满意足，无忧无愁。然后回到房里我打开电视看了一会。电视里还是孩子。这次是黑人孩子，饿得奄奄待毙。我们逗留城堡时，正好碰上那时好几个星期，天天播放一个遭受内战与饥荒蹂躏的非洲国家的孩子情况——国家名字已经忘了（这一切过去至少已有两三年了，所有这些名字谁记得住呢！）。孩子们骨瘦如柴，毫无生气，再也无力挥手赶走在他们脸上散步的苍蝇。

薇拉对我说："这个国家的老人也有死的吧？"

不，不，这场饥荒引人入胜的地方，使它在这个世界几百万场饥荒中别具一格的地方，就是死的只是孩子。尽管我们天天看新闻，但从未在荧屏上看到一个成年人受苦，这恰好证实了这种见所未见的情境。

于是这是完全正常的，不是成年人，而是孩子，奋起反抗老人的这种残酷无情，凭着本性自发地开展了著名的"欧洲孩子给索马里孩子送大米"运动。索马里！是的，没错！这句了不起的口号让我找回了迷失的名字！啊，这样的事竟也忘了，岂不可惜！他们买了一袋袋大米，数不清的一袋袋大米。做父母的看到他们的孩子心怀全球一家的团结精神，留下深刻印象，也捐了钱，所有的机构都各自提供帮助；大米集中到学校里，运输到港口，装船驶往非洲，每个人都能够追踪大米辉煌的史诗历程。

紧接着濒死的孩子以后，荧屏上全是六七岁的女孩，穿得像成年人，装模作样像卖弄风情的老妇人，哦，当孩子的行为像成年人时真是妙极了，感人极了，滑稽极了，女孩子与男孩子相互亲吻；然后出现一个男人，怀抱一个婴儿，当他向我们解释婴儿尿脏了裹布用什么方法洗涤最好时，一个美人走近来，微启红唇，吐出一条极其性感的舌头，开始插入怀抱婴儿的男人那张极其老实的嘴巴。

"睡觉吧。"薇拉说，她关了电视。

5

法国孩子赶来给非洲小朋友送援助，总使我想起知识分子贝尔克的面孔。这是他的光荣日子。光荣经常是由失败引起的，他的光荣也是如此。让我们回忆一下：在本世纪八十年代，世界遭到一种名叫艾滋病的流行病的袭击，它通过爱的接触而传染，最初深受其害的主要是同性恋者。狂热分子把流行病看做是神的公正惩罚，把病人看成瘟疫那样躲避。宽容的人为了反对这些狂热分子，向病人表示友爱，试图证明跟他们来往没有任何危险。于是，议员杜贝尔克和知识分子贝尔克在巴黎一家著名饭店跟一群艾滋病人共进午餐。进餐时气氛良好。为了不放过任何示范机会，议员杜贝尔克邀请电视台记者在上甜点时间拍摄。摄像机一出现在门槛上，他就站起身，走近一名病人，把他从椅子里扶起来，对着他那张满是巧克力慕斯的嘴巴吻上去。贝尔克没有料到这一招。他立即明白，一旦拍成录像，上了电视，杜贝尔克满嘴乱吻就成为不朽的一吻；他站起身，大动脑筋，要弄明白他是不是也该去吻一个艾滋病人。思考的第一阶段，他推开了这种诱惑，因为他心灵深处对于接触艾滋病人的嘴不会感染这点还不完全有把握；接着一个阶段，他决定克服谨小慎微的心理，认为这张吻照还是值得冒险一试；但是第三阶段，正当奔向艾滋血清阳性的嘴时，一个想法使他刹了车：他若也跟病人亲嘴，不会因此跟杜贝尔克平起平坐，相反，他会被人归入摹仿者、追随者，甚至伙计之流，急急忙忙如法炮制，只会增加另一位的光彩。他仅仅站着不动，在一旁傻笑。但是这几秒钟的犹豫不决对他造成极大损害，因为摄像机就在那里，电视新闻播出时，全法国都看到他脸上不自然的三阶段，耻笑了一番。为索马里募捐大米的孩子恰好在这时来救他了。他利用每一个机会当众宣传那个佳句："只有孩子生活在真理中！"后来他到了非洲，在一个快要饿死、脸上盖满苍蝇的黑女孩身边拍了一张照片。这张照片在全世界出了名，比杜贝尔克吻艾滋病人的照片还要出名得多，因为一个要死的儿童比一个要死的成年人更有价值。这种事杜贝尔克在那个时候还不知道。可是他并不感到自己屈居下风，几天以后，他出现在电视荧屏上。他是个遵奉教仪的基督徒，知道贝尔克是无神论者，这使他想到跟后者在一起时拿上一支蜡烛；在这个武器面前，即使是死硬的非信徒也要低下头来。当记者采访他时，他从口袋里取出一支蜡烛，点燃了；他在含沙射影贬低贝尔克关心外国人一事的同时，谈到本国村子里的、郊区的穷孩子，邀请他的同胞到大街上去，每人手举一支蜡烛，穿越巴黎大游行，声援受苦受难的孩子。这个时候，他含着阴笑点名邀请贝尔克站到他这边，走在队伍前面。贝尔克必须选择：参加游行，举着蜡烛，像是个杜贝尔克的唱诗班少年；或者脱身溜走挨众人臭骂。这一个陷阱，贝尔克必须采取大胆的奇招躲过：他决定立刻飞往一个老百姓正在造反的亚洲国家，响亮明确地对被压迫人民表示支持。可惜，地理一直是他的弱项；对他来说，世界分成法国与非法国，那里有一些什么省份他永远搞不清楚。因此他在另一个太平无事得令人生厌的国家下了飞机。飞机场建在山区，寒冷彻骨，服务差劲；他不得不在

17

那里待了一周，才等到一架飞机把又冷又饿的他带回巴黎。

"贝尔克是舞蹈家中的烈士国王。"蓬特万评论说。

舞蹈家这词的概念，只有蓬特万小圈子的人才懂。这是他的大发明，遗憾的是他从未著书立说，详加阐述，也不曾作为国际研讨会的议题当众宣读。但是，他才不在乎扬名，更何况他的朋友也觉得听他讲话更加津津有味。

6

据蓬特万的说法，今日的政治家个个算得上是舞蹈家，而舞蹈家个个都跟政治沾边；然而我们不要因此而把他们混为一谈。舞蹈家在这点上不同于普通政治家，就是他不想要权力，只想要荣誉；他不想成立什么社会组织强加于人（他才不在乎呢），只是要占据舞台，发扬自我。

为了占据舞台，就必须把别人挤出舞台。这就要具备特殊的战斗技巧。舞蹈家进行的战斗，蓬特万称之为道德柔道；舞蹈家扔出手套向全世界挑战，谁比他更有道德（更勇敢、更诚实、更诚恳、更愿作出牺牲、更说实话）？他施展一切手脚，把对方逼入处于道德劣势的境地。

一名舞蹈家要是有可能参加政治游戏，他会公然拒绝一切秘密谈判（那才是自古以来真正的政治竞技场），揭露它们蒙骗、欺诈、虚伪和肮脏的本质；他在赛台上公开提出自己的主张，又唱又跳，指名道姓要别人跟着他一起又唱又跳；我强调，不是悄悄地（这会让对方有时间思考，有时间讨论反建议），而是公开地，还可以出其不意地："你们是不是准备立即（跟我一样）放弃三月份的薪水，捐给索马里的孩子？"那些人遭此突然袭击，只有两种可能：要么拒绝，这样被人看做是孩子的敌人而自毁声誉；要么在窘迫中说"是"，摄像机都会恶作剧似的把它播放出来，就像它播放了可怜的贝尔克跟艾滋病人午餐结束时表现的犹豫神情一样。"H大夫，您对自己国内人权遭到蹂躏为什么不说话？"有人向他提出这个问题，H大夫正在给病人动手术，没法表态；但是给剖开的肚子缝上线以后，他对自己的沉默感到那么羞愧，于是滔滔不绝，把人家要他说的话一古脑儿，还添枝加叶都说了出来；那名对他训话的舞蹈家（这是另一次道德柔道交手，空前激烈）听了后放言："总算说了。虽然太晚了一点……"

有时也有这种情况（比如在独裁国家），公开表态是危险的；对于舞蹈家来说，危险性要比其他人少些，因为他暴露在聚光灯前，处处可以见到他的身影，受到群众注意力的保护。但是他也有匿名的崇拜者，响应他既慷慨又轻率的呼吁，在请愿书上签名，参加非法集会，上街游行；这些人受到毫不留情的对待。舞蹈家从不感情用事去自责给他们带来不幸，他知道一桩高尚事业的分量要比一个人的生命重得多。

文森特向蓬特万抗议："谁都知道你讨厌贝尔克，我们都跟你走。不过，即使他是个混蛋，他支持的事业我们自己也认为是正义的；或者你也可以说，他支持是出于虚荣。我问你，如果你要干预一场公开的冲突，把大家的注意力吸引到一件丑闻上，帮助一名受迫害者，在我们这个时代你怎么能不是或者不像是个舞蹈家呢？"

神秘莫测的蓬特万对此回答说："你要是认为我有意攻击舞蹈家那就错了。我是在保护他们。谁厌恶舞蹈家，谁丑化他们，谁就会撞上一个不可逾越的障碍：那是他们的诚实；因为舞蹈家暴露在公众面前，时时刻刻督促自己做到无可指摘，他不像浮士德跟魔鬼订契约，他是跟天使订契约：要把自己的生平做成一件艺术品，天使要在这件工作中帮助他；因为，不要忘了，舞蹈是一种艺术！念念不忘把自己的生活看做是一件艺术品的材质，这才是舞蹈家的真谛！他不宣讲道德，而跳道德之舞！他要用自己生命之美去感动人，去迷惑人！他爱上自己的生命，就像雕塑家爱上自己正在创作的雕像。"

7

　　我心想蓬特万为什么不把那么有趣的想法公之于众。这位文科博士、历史学家待在国家图书馆的办公室里百无聊赖，正好没什么大事可做。自己的理论有没有人知道他不在乎？这话还没说到点子上，他对此简直深恶痛绝。把自己的想法公之于众的人，实际上是以自己的真理去说服别人，去影响别人，这样就扮演了改变世界的角色。改变世界！对蓬特万来说，简直是魔鬼的用心！不是眼前这个世界多么值得赞美，而是一切只会愈改变愈糟。因为，从更自私的观点来看，一切公之于众的想法迟早都会反弹到提出这个想法的人身上，使他再也感觉不到当初想到它时的乐趣。蓬特万是一名虔诚的伊壁鸠鲁信徒，他发明和发挥自己的想法，只是因为这给他带来乐趣。人类给他源源不断提供身心愉快的怪念头。他不轻视人类，但是他绝对无意与它过分亲密接触。

他身边有一批朋友，在加斯科涅咖啡馆里聚会，这一小块人类样品对他已够了。

这些朋友中间，文森特是最清白和最动人的。我对他最有好感，我只是责怪（说真的，也有点嫉妒）他对蓬特万有一种少不更事——依我看有点过分——的崇拜。但是即使这样的友情也有令人感动的地方。因为他们谈论的话题一大堆，什么哲学、政治、书籍，都叫他入迷，文森特就很高兴跟他单独在一起；他满脑子千奇百怪、富于挑衅性的想法，蓬特万听得也入迷，对他的学生进行纠正，启发，鼓励。但是只要有第三者出现，文森特就会愁眉苦脸，因为蓬特万立刻换了样：他话声更响亮，变得很逗人，依文森特的说法，太逗人了一点。

比如说，他们两人单独在咖啡馆里，文森特问他：“你对索马里发生的事到底是怎么想的？”蓬特万诲人不倦，给他做了个非洲问题大讲座。文森特提出异议，他们讨论，可能也开开玩笑，但是不愿锋芒毕露，只是对待一个无比严肃的问题时让自己轻松片刻。

马许来了，带了一个漂亮的陌生女人。文森特要继续讨论："嗨，蓬特万，你说呀，你就不觉得自己有错吗，认为……"他作了一番精彩的发挥来反驳朋友的理论。

蓬特万停顿了好一会儿。他精于此道。他知道只有胆怯的人才害怕停顿，当他们语塞时就心慌意乱说出不得体的话，授人笑柄。蓬特万就善于凛凛然不出一声，即使银河也感受到他沉默的威势，耐心等待着回答。他一言不发，瞧着文森特，不知怎么文森特怕羞地低下眼睛，然后他带笑瞧瞧那个女人，又一次转眼看文森特，充满假意的关切："在一位女士面前，你有意发表一些装腔作势的高明见解，这说明你的里比多在不安地退潮。"

马许脸上露出一贯的傻笑，美人则朝文森特扫了一眼，带着体谅的逗乐的眼神，而文森特满脸通红；他觉得受了伤害：一个朋友，一分钟以前还对他关怀备至，只是为了博取女人一笑，冷不防地让他难堪。

后来其他朋友来了，坐下，闲聊，马许谈了几条轶闻，古雅尔在一旁冷嘲热讽，显示自己博览群书；几个女人哈哈大笑。蓬特万继续保持沉默，他在等待；直到沉默到了火候以后，他才说："我的小女友不断要求我行为野些。"

我的上帝，他就是会说这样的话。即使邻桌的人也不出声了，听他说话；笑声迫不及待在空气中颤动。他的女友要求他行为野些，这有什么好笑的？一切都在于音调的妙用中，文森特不由感到嫉妒，因为他的声音跟蓬特万的声音相比，简直是破笛子吱吱嘎嘎要与大提琴媲美。蓬特万说话慢条斯理，轻声细气，然而却能传遍全厅，把世界上的其他噪声都盖了。

他继续说："行为野些……但是我不会！我这人不野！我这人还太文雅呢！"

笑声一直在空气中颤动，为了品味颤动，蓬特万停顿一下。

然后他又说："一个年轻的女打字员不时上我这儿来。有一天，在做口授时，我突然满怀好意抓住她的头发，把她从椅子上拽起来，往床边拉。拉到一半，我把她放了，放声大笑：哦，真是弄糊涂了，要我野些的那个女人不是您。哦，原谅我，小姐！"

整个咖啡馆笑了，文森特也笑了，他又爱上了自己的老师。

8

可是，文森特第二天带着责备的口气对他说："蓬特万，你不光是评论舞蹈家的大理论家，你本人还是个大舞蹈家。"

蓬特万（有点难堪）："你把概念混淆了。"

文森特："当你和我在一起的时候，只要有人加入进来，我们待的那个地方立即分成两部分：新来的人和我在观众席里，而你在台上跳舞。"

蓬特万："我说你把概念混淆了。舞蹈家这个词专门指在公众生活中有裸露癖的人。我对公众生活则讨厌之至。"

文森特："昨天在那个女人面前，你的表现就像贝尔克在摄像机前那样。你要把大家的注意力吸引到你的身上。你要做个最出色、最有才气的人。你使用裸露癖最庸俗的柔道来攻击我。"

蓬特万："可能是裸露癖的柔道，但不是道德柔道！你错把我看做是舞蹈家，就是这个原因。因为舞蹈家要做得比别人更道德，而我要显得比你更坏。"

文森特："舞蹈家要显得更道德，因为他的广大群众都很天真，他们认为道德的姿态是美的。但是我们的小批群众是邪恶的，喜欢无道德。你就用无道德柔道来攻击我，这并不否定你的舞蹈家本质。"

蓬特万（突然用另一种非常诚恳的语气）："我要是伤害了你，文森特，原谅我吧。"

文森特（立刻被蓬特万的道歉感动）："我没什么要原谅你的。我知道你那时在开玩笑。"

他们相约在加斯科涅咖啡馆见面，决不是偶然的。三剑客中的达达尼昂是他们最伟大的圣天使，崇尚义气的祖师爷。义气是他们唯一视为神圣的价值。

蓬特万继续说："从广义来说（这方面你确实有道理），我们每个人身上肯定都有舞蹈家的影子，我向你承认，当我看到有女人来了，我会手舞足蹈胜过人家十倍。我又怎么能不这样做呢?

我无法自控。"

文森特友好地笑了，愈来愈受感动，蓬特万继续用受罪的口吻说："要是我像你刚才说的，是关于舞蹈家的大理论家，这一定是他们与我之间有什么共同之处，没有这个共同点我就不能理解他们。是的，文森特，这点我向你承认。"

说到这里，蓬特万又从悔悟的朋友变成了理论家："只是还有个小问题，因为从我使用这个概念的确切意义来说，我跟舞蹈家毫无共同之处。一名真正的舞蹈家，如贝尔克，如杜贝尔克，在女人面前毫无裸露和勾引的意思，我觉得这不但可能，还是办得到的。因为看错了人而扯了女打字员的头发往自己床上拉，他不会想到去述说这么一件事，因为他要勾引的是大众，不是几个具体看得见的女人，而是广大看不见的人群！听着，对舞蹈家的理论还要添上一章：他的群众的不可见性！这才是这类名人可怕的现代性！他不在你面前，也不在我面前，但是在全世界面前裸露。什么是全世界？一个没有面目的无限！一种抽象。"

他们谈到一半，古雅尔由马许陪着来了，从门边就对文森特说："你跟我说过你受邀参加昆虫学研讨会，我有一条消息告诉你！贝尔克也去！"

蓬特万："又是他！他简直无处不在！"

文森特："他在那里能干什么？"

马许："你自己是昆虫学家，应该知道他去干什么！"

古雅尔："他当大学生时，有一年常去昆虫学高等研究大学。研讨会期间，会让他当个名誉昆虫学家。"

蓬特万："我们也该到那儿去闹一场！"然后转向文森特："你带我们混进去吧！"

9

薇拉已经睡了；我打开朝花园的窗子，想起 T 夫人和她的青年骑士黑夜走出城堡以后的旅程，那个难忘的三阶段旅程。

第一阶段：他们挽着手臂散步交谈，然后在草坪中找到一条长凳坐下，始终挽着手臂，始终交谈。月光皎洁，花园的台阶向着塞纳河倾斜，水声潺潺与枝叶窸窣相互应和。让我们偷偷听上几句吧。骑士要求一个吻。T 夫人回答："我很乐意。我若拒绝，您就会神气得很。您的自尊心会让您认为我在怕着您呢！"

T 夫人说的话，是靠一种艺术培养出来的，一种谈话艺术，一切点到为止，不用明言，意思尽在其中；比如这一次，骑士要求她赐吻，她同意，但是事前对同意有她自己的解释：她若让他亲嘴，是要压一压骑士的傲气，让他不要过分狂妄。

当她通过一种智力游戏把吻转化成一个抵抗行为，没有人，

31

即使骑士也不会上当，但是他必须认真对待这些话，因为这属于一个心灵活动，必须由另一个心灵活动来应答。交谈不是填满时间，相反是组织时间，操纵时间，制订必须尊重的规则。

他们的夜的第一阶段结束：为了不让骑士太神气而赐吻，以后接着又是另一个吻，那些吻"接二连三使谈话断断续续，代替了交谈……"。但是这时候她站了起来，决定打道回府。

这是多么巧妙的导演手法！经过第一次意义混淆后，必须指出爱的乐趣还不是一枚成熟的果子，必须提高要价，更加刺激欲望；必须创造一段曲折，一个高潮，一份悬念。和骑士朝城堡走去时，T夫人假装踩空跌交，深知最后时刻她完全有能力扭转局势，延长约会。要做到这点只需要一句话，一个模式，古老的谈话艺术不乏这方面的先例。但是灵感不能如期而至，仿佛遭遇一桩意外的阴谋，她竟然找不到一句话来说，像个演员突然忘了台词。确实，台词是必须牢记的；这可不像今天，一个少女可以说，你要我也要，咱俩别浪费时间啦！对他们来说，这份坦诚面前还有一道障碍没有跨过，尽管他们都有一切自由派的信念。假如这两个人一时没有了主意，假若找不到任何借口继续散步，他们不得不根据沉默的简单逻辑回到城堡，再在那里相互道别。愈是急于要找到止步不前的借口，把它高声说出来，嘴巴愈是像缝了线似的：一切可以支援他们的句子都躲着不露面，他们绝望地向它们求救。这就是为什么快走近城堡的大门时，"出于相应的本能，我们的脚步慢了下来"。

幸而在最后时刻，提词员仿佛终于醒了过来，她又接上了台词，她攻击骑士："我可对您不太满意……"总算好啦！一切太平无事了！她生气了！她找到了借口，佯怒一番可以使散步延长：她对他真诚相待；那么他为什么就不跟她提上一句自己的情人伯爵夫人呢？快，快，必须表明心意！必须说！会话又接上了茬，他们又离开城堡，走另一条路。这条路这次将带他们畅通无阻地走进爱情之巢。

10

　　T夫人一边说话，一边试探虚实，准备下一阶段的事态发展，示意她的伴侣，什么是他该想的，什么是他该做的。她做得巧妙风雅，意在言外，仿佛说的是其他事。她让他发现伯爵夫人这人自私冷漠，目的是要他不必受忠诚的束缚，轻松地去渡她设下的一夜情关。她不但对眼前的事，而且还对今后之事有所打算，让骑士明白不论什么情况她都不愿成为伯爵夫人的情敌，而他也不必跟她分开。她给他上了一堂强化的情感教育课，还讲授应用爱情哲学，必须让爱情摆脱伦理道德的桎梏，予以谨慎保护——谨慎是一切美德中的最高美德。她甚至还因势利导，向他说明第二天他该怎样跟她的丈夫相处。

　　你们奇怪了吧，在这个按照理智组织、丈量、划线、计算、测定的空间，哪里还有什么自发、"疯狂"的位子，哪里是癫狂，哪里是欲望的盲目性，哪里是超现实主义曾经奉为神圣的"疯狂的爱"，哪里是自我遗忘？那些形成我们爱情观念的无理性美德都到哪里去了？不，在这里都是用不上的。因为 T 夫人是理性王后。不是德·梅尔特侯爵夫人的无情的理性，而是一种温柔甜蜜的理性，其最高使命是保护爱情的一种理性。

我看见她领了骑士穿越月夜。现在她停下，指给他看前面阴影里一个屋顶的轮廓，啊，这间小屋见证了多少缠绵香艳的时刻，可惜——她对他说——钥匙不在她身上。他们走近门，（好奇怪呀！好意外呀！）小屋的门开着！

她为什么跟他说她没有钥匙？她为什么不立刻告诉他小屋的门再也没关过？一切都是安排的、编造的、人为的，一切都经过导演，没有东西是坦诚的，或者用另一句话，一切都是艺术；在这个特定情况下：是延长悬念的艺术；还可说得更有意思的：是尽情维持亢奋的艺术。

11

　　德农对 T 夫人的外貌没有片言只语的描写，可是我觉得有一点是肯定的：她不是个苗条的女人；我设想她的身材"浑圆而柔软"（拉克洛在《危险的关系》中用这些字眼概括最令人艳羡的女性身材），身材的浑圆也就产生了行动与姿态的浑圆与缓慢。全身舒缓娇慵。她具备慢的智慧，掌握慢的一切技巧。小屋过夜的第二阶段，她把这点表现得淋漓尽致：他们进屋，他们拥抱，他们跌倒在一张卧榻上，他们做爱。但是"这一切都做得太仓促。我们感到自己的错误，……太激奋就会不够细腻。好事包含的种种妙处来不及品味就匆匆奔向欢乐"。匆忙行事使他们失去了温柔的慢，两人立即把这看成为一个错误；但是我不相信 T 夫人会奇怪，我更多想到的是她知道这是个宿命的错误不可避免，一切早已在她的意料之中，就是因为如此她事先设计了小屋插曲，犹如渐慢，为了刹住和减慢事件发展中的预期速度，在第三阶段来临时，他们的幽会在新的背景下，绸缪缱绻，才能享受慢的极致。

她中断小屋的爱情，又和骑士一起出去散步，坐上草坪中间的长凳，又接过话头，然后把他领进城堡，走入一间与她的套房相连的密室；她的丈夫以前把它改建成了一座爱情的销魂殿堂。骑士在门槛前目瞪口呆：四面墙壁布满镜子，反映出他们的影像，突然间数不清的一对对情人在他们身边拥抱。但是他们没有在里面做爱；T夫人好像存心避免感官功能反应过于强烈，为了尽量延长兴奋的时间，挟了他朝贴邻的一个房间里去，那是延伸在黑暗中的一座山洞，到处放了靠垫；只是到了那里他才做爱，慢慢地做到天色将白才尽兴。

慢慢消受黑夜的光阴，把它分成互不相连的不同板块，T夫人懂得把其中一小段一小段的光阴烘托出来，像一幢精致的建筑物，像一种形态。使时间具备形态，这是美的要求，也是记忆的要求。因为没有形态的东西无从捉摸，也难以记忆。把他们的相会想象成一种形态，对他们来说弥足珍贵，因为他们这一夜是不会有明天的，只有在回忆中才可能反复出现。

在慢与记忆，快与遗忘之间有一个秘密联系。且说一个平常不过的情境：一个人在路上走。突然，他要回想什么事，但就是记不起来。这时候他机械地放慢脚步。相反地，某人要想忘记他刚碰到的霉气事，不知不觉会加速走路的步伐，仿佛要快快躲开在时间上还离他很近的东西。

在存在主义数学中，这样的事由两个基本方程式表示：慢的程度与记忆的强度直接成正比；快的程度与遗忘的强度直接成正比。

12

    维旺·德农生前，可能只有少数密友知道他是《明日不再来》的作者，秘密（可能）最终被大家捅破已是在他死后很久的事了。小说的命运出奇地类似它所叙述的故事：笼罩在秘密、谨慎、故弄玄虚和匿名的阴影中。

    德农是雕刻师、素描家、外交官、旅行家、艺术鉴赏家、沙龙红人、飞黄腾达的贵人，从不要求收回小说的著作权。不是他拒绝光荣，而是那个时代光荣意味着其他事。我想象他感兴趣的、他期望迷惑的读者，不是今天作家所瞄准的广大陌生人，而是他个人认识和尊重的小圈子。沙龙里为数不多的几名听众把他围在中间，他在他们面前表现才华得到的乐趣，与在读者中间获得成功带来的乐趣，两者没有太大的不同。

    有摄影发明以前的光荣，也有摄影发明以后的光荣。十四世纪，捷克国王瓦茨拉夫喜欢出入布拉格的旅店，隐姓埋名跟平民交谈，他有权力、光荣与自由。英国查尔斯王子没有一点权力，没有一点自由，但是有巨大的光荣：他不论藏在原始森林里还是泡在十七层地下掩体的浴缸里都无法躲开追逐他、认出他的眼睛。光荣把他的自由都吞噬了，现在他知道：麻木不仁的人才会心甘情愿让名气压得抬不起头。

您会说，如果说光荣的特征是在变的，那不管怎样，这只关系到为数不多的幸运儿。您错了。因为光荣不是只跟名人有关，它跟每个人有关。今天，名人出现在杂志上，出现在电视荧屏上，他们侵入到每个人的想象中。每个人——哪怕在梦中——也在操心有没有可能变成这样一个光荣的对象（不是出入小酒店的瓦茨拉夫国王的那种光荣，而是泡在十七层地下掩体的浴缸里的查尔斯王子的那种光荣）。这种可能性像个影子跟着每个人，改变生活的性质；因为（这是存在主义数学的另一著名基本定义）存在包含的每个新可能性，即使是最不可能实现的，也改变着整个存在。

13

知识分子贝尔克中学时代就对一个叫伊玛居拉塔的女同学（徒然）垂涎不已，最近又从她那里受到不少闲气；蓬特万要是早知道，或许对他不会那么刻薄。

相隔二十年后有一天，伊玛居拉塔在荧屏上看到贝尔克在给一名黑女孩赶她脸上的苍蝇；这在她心上像闪过了一道灵光。她就此明白自己一直爱着他，当天就给他写信，向他索取他们以前"纯洁的爱"。但是贝尔克记得很清楚，他的爱哪里算得上纯洁，还很荒淫无耻，而他在被她断然拒绝时感到丢脸。正是因为如此，父母家的葡萄牙女仆的滑稽的名字启发他给她起了个绰号：伊玛居拉塔，意思是圣洁的，既讽刺又含怨。他接到信后情绪抵触，没有给予答复（二十年后还对往日的失败耿耿于怀，真是奇事一桩）。

他的沉默叫她心乱；接着一封信，她提起他给她写的大量情书。其中有一封他还叫她"惊扰我好梦的夜鸟"。这句早已忘怀的话在他看来尤其愚蠢，提出来有损他的尊严。后来他从传到耳边的流言听出，这个他从未侵犯过其圣洁的女人每次在他上电视时，就会在什么宴席上，拿知名人士贝尔克的纯洁爱情说个不已，他从前不能入睡是因为她惊扰了他的好梦。他觉得被人剥去了衣服，毫无招架之力。平生第一遭，他真正盼望当个隐姓埋名的人。

第三封信里，她要求他帮个忙，不是给她，而是给她的邻居，一个可怜的、在医院得不到良好治疗的女人；那女人由于麻醉不得法差点儿送了命，但是医生就是不给她丝毫补偿。如果说贝尔克把非洲儿童照顾得那么好，他也应该证明对本国的穷人同样操心，即使这些人没法儿让他有机会在电视中亮相。

后来这个女人自己也写信给他，以伊玛居拉塔做后盾："……先生，您记得那个少女吧？您曾写信给她说她是惊扰您好梦的圣洁处女。"岂有此理!？岂有此理!？贝尔克在公寓里团团打转，大喊大叫。他把信一撕，往上面啐了一口唾沫，扔进了字纸篓。

有一天，他从一家电视台台长那里知道有一名女导演希望给他做一档节目。他那时恼火地想起有人挖苦他只求在电视上出风头，因为愿意给他做一档人物报道的女导演不是别人，正是夜鸟，伊玛居拉塔她本人！这情境叫他啼笑皆非：原则上，他认为给他拍一部片子这主意绝妙，因为他一直要把自己的生平变成一件艺术品；然而直到那时他还从没想过这部作品或许会是一部喜剧！面对这个突如其来的危险，他希望伊玛居拉塔离开他的生活愈远愈好，拜托台长推迟这项计划，说他这人还年轻，地位也不重要，拍专访过于早了一点（让台长对他的谦虚惊讶之至）。

14

这个故事使我想起了另一个故事，那是我有机会在古雅尔的书房里读到的。他的公寓四周墙壁布满书架。有一次我情绪消沉，他指给我看一排书架，上面有他手书的书籍分类：不经意的幽默杰作，他带着點笑，从中抽出一部书，一名巴黎女记者一九七二年写她对基辛格的爱——不知你们是否还记得那个时代最著名的政治家、尼克松总统的顾问、美国与越南和平的缔造者。

故事是这样的：她到华盛顿去找基辛格，要给他做采访，先是为一家杂志，再是为电视台。他们约会好几次，但是从未跨越严格的职业关系的界限：为电视演播做准备工作而安排的一两顿饭局，几次在他白宫的办公室、他的私人公馆里的访问；先是一个人，然后又带了一队人，如此这般。渐渐地，基辛格对她烦了。他不是好骗的人，他知道自己在干什么，为了跟她保持距离，他大谈权力对女性具有的吸引力，也谈他的职务使他放弃了一切私人生活。

她带着一片令人感动的诚意转述了这些回避行动，然而却并没失去勇气，因为她坚信他们两人是天生一对；他的表现谨慎而多疑？这也是意料中的事：要知道他以前遇到的那些悍妇确实令人心寒，她还肯定他一旦知道她如何爱他，就不会忧心忡忡了，他就会抛弃一切顾虑。啊，她对自己纯洁的爱是多么有把握！她可以发誓：她内心绝无丝毫色情邪念。"在性方面，他让我无动于衷"，她写道，重复了好几次（带着一种奇怪的母性虐待狂心态）；他穿着不讲究；长得不英俊；对女人的趣味恶俗；"他不会是个好情人"，她一边评判一边还说因此更加爱他。她有两个孩子，他也是，她瞒了他计划在蓝色海岸一起度假，很高兴两个小基辛格可以愉快地学法语。

有一天，她派了摄制组来拍基辛格的公寓，基辛格忍无可忍，把他们当做一群讨厌鬼赶了出去。有一次，他召她到办公室，用一种出乎寻常的严厉冷漠的声音对她说，他再也忍受不了她对他的那种暧昧行为。起初，她绝望之至。可是很快，她自言自语说：肯定有人认为她是个政治上的危险人物，基辛格得到了反谍报部门的指示，不再跟她来往；他们待的那个办公室布满窃听器，他知道，他话说得那么无情叫人不敢相信，不是说给她听的，而是说给窃听的谍报人员听的。她瞧着他，露出理解与忧郁的微笑，觉得这情景自然含有一种悲剧的美（这是她用了又用的形容词）：他不得不攻击她，同时目光又脉脉含情。

古雅尔笑了，但是我对他说：透过恋情女子的梦境表现出来的真情实景，虽然一目了然，其实没像他想的那么重要，这只是一个肤浅平庸的真理，而相对另一个更高级、将经受时间考验的真理——书的真理——那就相形见绌了。在她第一次跟她的偶像见面时，这部书已经隐匿地放在他们两人之间的一张小桌子上。从那时起，就成了她的全部历险的不明说与无意识的目标。书？那是干什么的？为了描述基辛格其人其事？不，她对他绝对无话要说！她关心的是对她本人说出自己的真理。她看不中基辛格，更看不中他的身体（"他不会是个好情人"）；她希望扩大自我，走

46

出自己狭隘的生活圈子，闪闪发光，光芒四射。基辛格对她来说是一匹神话中的坐骑，一匹飞马，她的自我将骑在它的背上纵横天空。

"她是个蠢女人。"古雅尔冷冷地说，嘲笑我的美妙解释。

"但是不，"我说，"见过她的人都说她聪明。蠢不是这样的。她确信自己会被选中的。"

15

　　"被选中"原是一个神学概念，含意是：出于上帝的自由的，即使不是随心所欲的意志，不需要任何功绩，经过超自然的裁决，人被选中来做某件特殊的不同凡响的事。圣徒就是怀着这种信念，毕生去忍受最严酷的苦刑。神学概念，如同滑稽模仿剧，也反映在我们的世俗生活中；我们每个人（或多或少）在平庸无奇的生活中受苦受难，期望脱颖而出，飞黄腾达。我们每个人都有过这种幻想（程度不同而已），认为自己命中注定会被选中，会飞黄腾达。

　　被选中的想法，比如说，在一切爱情关系中都是存在的。因为爱情从定义上来说，是一件无功受禄的礼物；无名分而得到爱，这才说明是一种真正的爱。假如一个女人对我说：我爱你，因为你聪明，因为你诚实，因为你给我买礼物，因为你不勾引女人，因为你洗碗，我会很失望；这种爱好像有什么功利目的。我爱你爱得发疯，虽然你不聪明，不诚实，虽然你撒谎，自私，混蛋一个，要是说这样的话就动听多了。

可能是人还在襁褓中时，无功得到了母爱的关怀，第一次有了被选中的幻想。得到多也就要求更多。后来是教育使人摆脱了这种幻想，让他明白生活中的一切都是要付出代价的。但是经常是太迟了。您肯定见过这个十岁的少女，为了把自己的意志强加于同伴身上，理屈词穷时，突然会怀着说不清的自豪高声说："因为我对你这么说"；或者："因为我要这样"。她感觉自己是上帝的臣民。但是有一天她说"因为我要这样"时，周围的人哈哈大笑。那个自认为被选中的人，为了证明自己被选中，为了要自己相信，要别人相信他不属于庸俗大众，他能做什么呢？

这时候，建立在摄影发明上的这个时代，带着它的明星、舞蹈家、名人来拯救了，他们的形象投影在巨大的银幕上，人人可以从远处看到，人人崇拜，人人无法接近。出于对名人的崇拜之情，那个自认为被选上的人公开宣称他属于非凡精英，同时又跟

49

平凡俗人保持距离，平凡俗人具体说就是他（和她）生活中不得不来往的邻居、同事和伙伴。

这时名人就变成了一个公共机构，就像卫生事业、社会保障组织、保险公司、疯人院。但是他们只有处于真正不可接近的情况下才是有用的。当某个人要通过跟名人建立直接的个人关系，确认自己已被选上，他就有被拒绝的危险，像基辛格的那个崇拜者。这种被拒绝在神学上称为贬谪。这是为什么基辛格的女崇拜者在自己的书中明白无误、有根有据地称她的爱情是悲剧性的。因为贬谪在定义上是悲剧性的，尽管对此冷嘲热讽的古雅尔会听了不高兴。

直至知道自己爱上了贝尔克以前，伊玛居拉塔过的也是大多数女人的日子：几次结婚，几次离婚，几个情人，所有这些给她带来一种挥之不去、平静安然、几乎甜蜜的惆怅。最后一个情人特别钟爱她，她也更能容忍他；不单是他温顺，他还有用：这是一名摄像师，当她开始在电视台工作时帮了她不少忙；他大她好几岁，但是神态总像一名崇拜她的大学生；他觉得她最美，最聪明，（尤其）最多愁善感。

情人多愁善感在他看来好似德国浪漫派风景画：四处点缀形状千奇百怪的树木，上面是高高的青天，上帝的住所；他每次进入这个景色，都身不由己地要下跪，俯首帖耳，仿佛面对一件神迹。

16

　　大厅里渐渐人多了，有许多法国昆虫学家，也有几名外国人，其中有一个捷克人，约六十来岁，据说是新制度的重要人物，可能还是部长或科学院院长，至少是属于这个科学院的研究员。不管是什么，光从猎奇心理而言，他是这次盛会中最有趣的人物（他代表了历史潮流的新时代）；可不是，他挺立在这个闲聊的人群中，高大、笨拙，非常孤单。刚才好一会儿，大家赶上来跟他握手，向他提了一些问题，但是没想到交谈很快结束了，最初四句话一来一往交换后，他们就不知道还有什么可以跟他说的。因为，归根结蒂没有共同的话题。法国人很快回头讨论自己的问题，他尝试听明白他们的话，不时插上一句"在我们国家恰恰相反……"后来，发觉没有人对"在我们国家恰恰相反"发生的事感兴趣，他也就走开了，脸上蒙了一层忧郁，这种忧郁既不苦涩也不悲哀，而是透彻，还带点迁就。

当其他人嘈杂地挤入这个带酒吧的大堂时，他走进空的大厅，里面四张长桌子排成方框形，在等待研讨会开幕。门边有一张放着宾客名单的小桌子，一个跟他一样无人理睬的小姐。他向她弯下身，报出自己的姓名。她请他把姓名又重复了两遍，第三遍她不敢再要求，就在她的那张名单上，茫无头绪地找一个跟她听到声音相近的名字。

捷克学者满怀慈父般的情意，弯下身对着名单找到了自己的名字，食指放在上面：切克·赫里勃斯基。

"啊，索霍里比先生？"她说。

"应该念切-克赫-里勃斯-基。"

"哦，这可一点不容易！"

"不过，这里也没有写对。"学者说。他看到桌面上一支笔，拿起来在 C 与 R 两个字母上画了两个标记，类似颠倒的法语长音符号。

秘书看看符号，又看看学者，叹口气："这真复杂！"

"恰恰相反，这非常简单。"

"简单?"

"您知道约翰·胡斯吗?"

秘书迅速对宾客名单看了一眼，捷克学者连忙解释："如同您知道的，他是十四世纪一位伟大的宗教改革家。路德的先驱。神圣罗马帝国创立的第一所大学查理大学的教授，这都是您知道的。但是您不知道的是，约翰·胡斯同时也是文字改革家。他出色地简化了字体拼写方法。为了写出您刚才念的'切'，你们国家不得不用三个字母 t，c，h。德国人甚至要用四个字母 t，s，c，h。多亏约翰·胡斯，我们只要用一个字母 c，再在上面加上这个小符号。"

学者又一次对秘书的桌子弯下身，在名单的白边上写了一个很大的 c，加上一个颠倒的法语长音符号：č；然后盯住她的眼睛，用清脆的声音念："切!"

秘书也盯住他的眼睛，跟着念："切。"

"对。非常好!"

"这真的非常实用。可惜路德的改革只有你们那里知道。"

"是约翰·胡斯的改革……"学者说，装着没有听到法国小姐的蠢话，"……不是完全没有人知道，另外有一个国家也在使用……您知道的，不是吗？"

"不。"

"立陶宛！"

"立陶宛。"秘书跟着说，在记忆中徒劳地搜索这个国家在世界的哪个角落。

"立陶宛也用。现在您明白了吧，我们捷克人为什么对字母上的这些小符号那么自豪。（他带着微笑）我们什么都可以背叛，但是为了这些符号我们将战斗到最后一滴血。"

他在小姐面前鞠一躬，向排成方框形的桌子走去。每张椅子前有一张写上名字的卡片。他找到自己的那张，端详了好久，然后把它夹在指缝间，带着悲哀但是宽容的微笑走去拿给秘书看。

这中间，另一位昆虫学家在门边桌子前停下，让小姐在他的名字旁边打个叉，她看到捷克学者，对他说："请稍等，希比基先生！"

这位先生做个宽宏大量的手势表示：小姐，不用担心，我不急。他耐心地等在桌子旁（又有两位昆虫学家也停了下来），谦卑得令人感动。当秘书终于空出身来，他指给她看那张小卡片。

"请看，这不是好笑吗？"

她看着，不大明白怎么回事："但是，切尼比基先生，您要的这些符号不是有了吗！"

"有是有了，但这是些普通的长音符号！他们忘记颠倒过来了！请看他们还把符号放到哪里去了！在 E 上面，在 O 上面！成了切沃里勃斯基！"

"哦，是的，您说得没错！"秘书感到愤慨。

"我在想，"捷克学者愈来愈忧郁，"大家为什么老是忘记。这些颠倒的长音符号是那么有诗意！您不觉得吗？犹如空中翱翔的鸟！犹如展翅高飞的鸽子！（声音非常温柔）或许您也可以说是蝴蝶翩翩。"

他又在桌子前弯下身，拿起钢笔，改正小卡片上他的名字的写法。他改时那么谦卑，仿佛在道歉似的，然后一句话不说走开了。

秘书看着他走开，身材高大，奇异地不匀称。她立刻感到满腔母爱。她想象一个颠倒的长音符号，化身为一只蝴蝶，环绕着学者飞舞，最后停落在他的一头白发上。

捷克学者朝他的椅子走去时，转过头，看到女秘书深受感动的笑容。他报以自己的微笑，一边走一边还向她笑了三笑。这是忧郁然而自豪的微笑。忧郁自豪：可以这样形容捷克学者。

17

他看到自己名字上的标音符号放得不对就感到忧郁这件事，大家可能会明白。但是又有什么可以自豪的呢？

以下是他传记中的纲要：俄国人一九六八年入侵后一年，他被开除出昆虫研究所，不得不当个建筑工人，直到一九八九年占领结束，也就是说差不多干了二十年。

但是在美国、法国、西班牙、世界各地，不是也有成千上万的人长期失业吗？他们痛苦，但并不自豪。为什么捷克学者自豪，而他们就不自豪呢？

因为他被逐出工作岗位，不是经济原因，而是政治原因。

好吧。这种情况下就要说一说，为什么经济原因造成的痛苦就不那么严重或不那么值得自豪呢。一个人冒犯了上司被解雇必须感到羞耻，而由于政治原因失去职位的人就有权利自我吹嘘吗？这是为什么？

因为在经济性质的解职中，被解职的人是一个被动的角色，他的态度中没有值得欣赏的勇气。

表面看来这很有道理，其实不。因为当俄国军队一九六八年在他的国内建立一个可憎的制度时，这名被逐出工作岗位的捷克学者并没有任何勇敢的举动。他是昆虫所一个部门的主任，他关心的只是苍蝇。有一天突然来了十几个知名的反制度人士，闯进他的办公室，要求给他们安排一个房间，他们要在里面开个半地下会议。他们是按照道德柔道规则行事的：不期而至，自行结合，小圈子里讨论。这次意料不到的对峙使学者陷入十分尴尬的境地。说"是"可能立即带来风险：他会前途不保，三个孩子会进不了大学。但是对这一小群早就嘲笑他胆小怕事的人说"不"，又没有足够的勇气。他最后还是表示同意，同时也看不起自己，自己是那么胆怯和软弱，不知道怎样才不受摆布。因而说得确切些，他被逐出工作岗位，孩子被勒令退学，其实是他的懦夫行为造成的。

既然如此，他又感到自豪，不是见鬼吗？

时间相隔愈久，他对反对派的原始厌恶忘得愈多，也就习惯地把那声"是"看做是一种自由意志行为，是他对可憎的权力的个人反抗。因此他相信自己属于登上了历史大舞台的人物，这样一想不就感到自豪了么？

但是，数不清的人不停地卷入到数不清的政治冲突中，他们不也是能够登上了历史大舞台而自豪么？

我必须明确我的主题：捷克学者的自豪感，不是不论什么时刻，而恰是在打上聚光灯的时刻登上了历史舞台才会有的。打上聚光灯的历史舞台称为全球历史时事。一九六八年布拉格，打着聚光灯，对着摄像机，是一件典型的全球历史时事，捷克学者很自豪，至今还感觉到额头上的吻。

重大贸易谈判，列强首脑会议，这些都是重要的时事，聚光灯照着，摄像机开着，众人评论着；怎能不让那些演员感到同样的自豪呢？

我赶快确定最后一个细节：不是任何全球历史时事，而是被人称为大气魄的时事才会使捷克学者感动。当背景响起屠杀的枪炮声，当天空飞翔死亡天使，站在舞台焦点的那个人受苦受难，那样的时事才称得上绝对崇高。

这才是最终的定义：捷克学者自豪，是由于受到一件大气魄的全球性历史时事的恩宠。他知道这个恩宠使他跟大厅内所有的挪威人和丹麦人、所有的法国人和英国人有所不同。

18

　　主席台上有一个位子，发言人轮流上去坐；他没有听他们，他等待轮到自己，隔一会儿摸摸口袋里的五页发言稿。这不是长篇大论，况且他知道不怎么精彩，毕竟脱离科研工作二十年了，无非把以前发表过的东西综述一下而已。当他还是年轻研究员时，他发现和描述了一种尚不为世人所知的苍蝇，他命名为布拉格蝇。后来，听到主席嘴里吐出几个音节，认定这表示他的姓名时，他站起身，朝着发言人的那个位子走去。

　　就在他走动的二十秒钟，有一件事不期而至，他竟动了感情：我的上帝，经过这么多年，他又跟那些令他尊敬、对他尊敬的人在一起了，又置身于跟他那么接近然而被命运隔开的人中间了；当他停在为他留出的空位子前，他没有坐下；这一次他要顺从自己的感情，他要自发地向陌生的同行谈一谈自己的感受。

"亲爱的女士们，先生们，我要向你们说一说我没有料到会突如其来的激动心情。相隔几乎二十年后，我又能够在大会上面对跟我思考同样课题的人，面对跟我怀着同样热情的人。在我来自的那个国家，一个人只因高声说出心中的想法，他的生命意义就遭到剥夺，因为对于一个科学工作者来说，生命意义不是别的，而是他的科学工作。如同你们知道的，在一九六八年悲惨的夏天以后，我国成千上万的人，全都是知识精英，从他们的工作岗位上被赶了下来。距今仅六个月前，我还当个建筑工人在劳动。不，这没有什么委屈的，可以学到许多东西，得到朴实可敬的人的友谊，体会到我们科学工作者是幸运的，因为一项工作同时又是一种热情，这就是一种幸运，是的，我的朋友，跟我一起干活的建筑工人从来没有过这种幸运，因为搬运大梁柱是产生不了热情的。这种幸运我被剥夺了二十年，现在我又重新获得了，我为之陶醉。这向你们说明，亲爱的朋友，为什么我把这个时刻当作一个真正的节日，即使这个节日对我而言有点儿忧郁。"

　　说到最后几句话，他觉得眼泪涌了上来，这使他有点不好意思，父亲的形象又出现在他的眼前，那位老人时时刻刻动感情，遇到机会就落眼泪。但是他心想，他为什么不能纵情发泄一次呢，把自己的激情作为来自布拉格的小礼物献给他们，这些人会感到荣幸的。

他没有想错，场下的人也受到了感动。他刚说完最后一句话，贝尔克就站起身鼓掌。摄像机立刻就到了，对着他的面孔拍，对着鼓掌的双手拍，也对着捷克学者拍。全场的人起立，有的慢，有的快，有的面带笑容，有的神情严肃，都在鼓掌，这使他们那么高兴，以致不知道什么时候停下来。捷克学者站在他们面前，高大，很高大，笨拙的高大；他的身材愈显得笨拙，他愈令人感动，也愈自我感动，他的眼泪在掌声中不再是羞答答地含在眼皮下，而是庄严地沿着鼻子朝嘴巴和下巴淌了下来，看着他的同行鼓掌，鼓得声音响得不能再响了。

终于，喝彩声减弱了，那些人重新坐下，捷克学者颤声说："我感谢你们，我的朋友，我衷心感谢你们。"他鞠了一躬，向自己的椅子走回去。他知道他正生活在他一生中最伟大的时刻，是的，光荣的时刻，为什么不能用这个词呢，他感到自己高大英俊，声名显赫，希望自己走向椅子的征途很长，永远走不完。

19

　　当他走回自己的椅子时，会议厅里一片静默。也可以更确切地说，会议厅里有几种静默。那位学者感到的只是一种静默：感动的静默。他没有意识到，逐渐地，感动的静默变成了难堪的静默，好似一个不易觉察的转调，使一首奏鸣曲从一个音调转入另一个音调。全场的人都看到这位名字拗口的先生对自己那么感动，竟然忘记宣读自己的论文，让大家了解他是如何发现新苍蝇的。全场的人也知道这时再来提醒他不免失礼。研讨会主席犹豫了好一会以后，咳嗽一声说："我感谢切科奇比先生……（他有意停顿片刻，给客人最后一个回忆的机会）……我请下一位发言人上台。"这时大厅角落里发出压抑的笑声打破了静默。

　　捷克学者沉浸在自己的想法中，既没有听到笑声，也没有听到同行的发言。其他发言人接连上台，直到一名比利时学者也像他一样研究苍蝇，才使他从沉思中醒来：我的上帝，他竟忘了发表自己的演说！他把手伸进口袋，那五页纸证明他不是在做梦。

他的两腮发烧。他觉得自己可笑。他还能弥补一下吗？不，他知道他不能弥补了。

经过片刻的羞愧后，一个奇怪的主意使他宽慰：这很可笑是真的，但是这里面没有否定、羞愧或令人不快的东西；他遭遇的这种可笑，加强了他生来具有的忧郁，使他的命运更悲惨，从而也更伟大、更壮丽。

不，捷克学者的忧郁从来不乏自豪感。

20

　　一切会议都有溜号的人，他们聚在隔壁房间里喝饮料。文森特听厌了昆虫学家的话，也没被捷克学者的奇异表现逗得直乐，就跟其他溜号的人待在大堂里，围着吧台附近的一张长桌子坐下。

　　他在好长时间没开口以后，还是跟几名陌生人谈了起来："我有一个女友，要求我野些。"

　　蓬特万说这话时会略作停顿，听的人立刻鸦雀无声，精神集中。文森特试图同样停顿一下；他的确也听到响起一阵笑声，一阵大笑声；这鼓励了他，他的两眼发光，做个手势要听众安静，但是这时候他看到大家都朝桌子的另一边看，被两个先生的吵架声吸引了过去，他们相互用鸟的名字攻击对方。

　　一两分钟后，他又一次做到让大家听他说："我还是要跟你们说，我的女友要求我对她行为野些。"这次，每个人都在听他讲了。文森特再也不犯停顿的错误；他话愈说愈快，仿佛要躲开哪个追着要打断他话的人。"但是我不行，我太文雅了，不是吗？"说了这些话他自己笑了起来。看到自己的笑声没有人响应，他赶快又往下说，加快语速："我那里经常有个年轻打字员，我口授她打字……"

"她用电脑打字？"有人突然感兴趣，问他。

文森特回答："是的。"

"什么牌子的？"

文森特说了一个牌子。那个人用的是另一个牌子，开始叙述他跟那台电脑共同生活的故事，电脑老是不放过机会恶意捉弄他。人人听得乐了，有好几次哄堂大笑。

文森特悲哀地记起了由来已久的心病：大家一直以为一个人的机会多少取决于他的外表，面貌的美与丑，身材，秀发或秃发。错了。决定一切的是声音。文森特的声音弱而细；当他开始说话，没有人会注意，以致他不得不提高声音，又让人觉得他是在叫喊。蓬特万则相反，轻声细气，声音低沉有回响，悦耳动听，坚实有力，以致每个人都只是听他在说。

　　啊，神圣的蓬特万。他答应过要带全班人马陪他去参加研讨会，然后又不感兴趣了，这符合他说多于做的天性。一方面，文森特感到失望，另一方面，他感到更有义务不得违背导师的指令，前一天他对他说："你应该代表我们。我给你全权以我们的名义为我们的共同事业行事。"当然，这个指令说着玩而已，但是加斯科涅咖啡馆那伙人深信，在我们这个浅薄的世界，只有说着玩的指示才值得人去服从。文森特还记得在高明的蓬特万的头颅旁边看到马许的大嘴巴微笑表示同意。在这份差使和这个微笑的支持下，他决定行动；他环顾四周，围着吧台的人群中有一名少女讨他喜欢。

21

　　昆虫学家是些奇怪的粗人：他们竟把那名少女冷落了，尽管她怀着世上最好的诚意听着他们发言，应该笑时她会笑，他们神情严肃时她也神情严肃。显然她不认识这里任何人，她勤奋的反应引不起谁的注意，隐藏着一颗受怠慢的灵魂。文森特从桌前站起身，走近那群人，向里面的少女说话。不久他们脱离其他人，忘情地谈个不已，这种谈话很容易入题，一谈就没有个完。她叫朱丽，打字员，给昆虫所所长干过点杂事；下午她就没事了，利用这个机会来到这座著名的城堡，在这些既使她敬畏、又引起她好奇的人身边度过夜晚，因为在这天以前她还不曾见过一名昆虫学家。文森特跟她在一起感觉很好，他不用提高声音，相反要降低声音，不让别人听见。然后他挽了她朝一张小桌子走去，在那里他们可以相互靠着坐，他的手放在她的手上。

"你知道，"他说，"一切取决于声音的力度。这比有一张漂亮的脸还重要！"

"你的声音很美。"

"你这样认为吗？"

"是的，我这样认为。"

"但是弱。"

"这才好听呢。我的声音没有中气，拖沓，像个老鸽子嘎嘎叫，你不这样想吗？"

"不，"文森特说，带点某种温情，"我喜欢你的声音，有挑衅性，毫无忌讳。"

"你这样想吗？"

"你的声音就像你！"文森特热情地说，"你这人也是毫无忌讳，有挑衅性！"

朱丽喜欢听文森特跟她说的话："是的，我相信。"

"这些人个个很浑。"文森特说。

她再同意也没有了："完全如此。"

"都自命不凡。都是些布尔乔亚。你见过贝尔克吗？十足的傻瓜！"

她百分之百同意。这些人跟她打交道时哪里把她放在眼里，有人说他们坏话她听了高兴，让她出了一口气。她觉得文森特愈来愈可亲，这是个英俊的男人，快乐单纯，一点也不自命不凡。

文森特说："我可想在这里闹上一闹。"

这话多么动听：像背叛的诺言。朱丽笑了，真想鼓掌。

"我给你去取一杯威士忌来！"他对她说，走向大堂另一头的酒吧。

22

　　这中间，主席已宣布研讨会结束，与会者喧闹地离开会议厅，大堂立刻又满是人了。贝尔克走近捷克学者。"我很受感动，听了您的……"他有意迟疑一下，让人感到给捷克学者的这类演说找个合适的名称有多么难，"……您的……证词。我们的忘性太大了！我愿意向您保证，我对贵国发生的事一直极为关注。你们是欧洲的骄傲，虽然欧洲自身没有许多值得骄傲的理由。"

　　捷克学者为了显得谦虚，做了个模模糊糊的推托动作。

　　"不，不要推托，"贝尔克继续说，"这话我一定要说的。你们，就是你们，贵国的知识分子，你们坚定反抗当权者的压迫，显示了我们经常缺乏的勇气，你们对自由的这种渴望，我甚至要说，为自由的这种大无畏精神，使你们成为我们仿效的榜样。此外——"为了使话听起来有一种亲切感，有一种默契，他接着又说，"布达佩斯这座城市壮丽，生气勃勃，允许我强调一下，充满欧陆风情。"

"您是说布拉格吧？"捷克学者小心翼翼地说。

啊，该死的地理！贝尔克明白该死的地理使他犯了一个小小的错误，而他的同行又缺乏处世之道。他强忍着怒气，说："当然，我是说布拉格，但我也是说克拉科夫，我是说索菲亚，我是说圣彼得堡，我想到东欧的所有城市，不久前它们才走出巨大的集中营。"

"不要说集中营。我们经常失去工作，但是我们不是生活在集中营里。"

"所有东欧国家遍地都是集中营，我的朋友！真实的还是象征性的，这不重要！"

"不要说东欧国家，"捷克学者继续提出异议，"布拉格，如同您知道的，是跟巴黎一样的西方城市。建于十四世纪的查理大学是神圣罗马帝国的第一所大学。如同您知道的，约翰·胡斯，路德的先驱，伟大的宗教和文字改革家，在那里教过书。"

这个捷克学者给哪只苍蝇蜇一下昏了头，他不停地纠正对方，对方异常恼火，尽管说话声音还保持着些许热情："亲爱的同行，不要因做了东欧人感到羞耻。法国对东欧表示了最大的同情，想一想十九世纪的移民潮。"

"我们在十九世纪没有移民潮。"

"密茨凯维奇①？他把法国当做第二祖国，这叫我很自豪！"

"但是密茨凯维奇不是……"捷克学者继续提出异议。

这时候伊玛居拉塔走入场内，她向她的摄像师果断地做个手势，然后用手把捷克学者隔开，在贝尔克旁边一站，对他说："雅克-阿兰·贝尔克……"

摄像师把摄像机扛到肩上："等一等！"

伊玛居拉塔停下，看摄像师，又看了一下贝尔克："雅克-阿兰·贝尔克……"

---

① Adam Mickiewicz（1798—1855），波兰诗人，以献身民族解放运动著称。

23

　　一小时前，贝尔克在会议厅看到伊玛居拉塔和她的摄像师，他想他会气得大叫。但是现在，捷克学者要比伊玛居拉塔更加惹他光火；他摆脱了异国学究，为了感谢她解围之功，甚至对她模糊一笑。

　　她得到了鼓励，用一种明显亲切甜美的声音说："雅克-阿兰·贝尔克，这是一次昆虫学家会议，命运的巧合使您也属于这个大家庭，你们刚才经历了一些非常动人的时刻……"她把话筒伸到他的嘴前。

　　贝尔克像个学生那样回答："是的，我们能够接待到一位伟大的捷克昆虫学家，他过去不能从事他的工作，却在监狱里蹲了大半辈子。他出席会议使我们大家深受感动。"

　　做舞蹈家不但是一种热情，也是一条再也不能偏离的道路；

76

当杜贝尔克跟艾滋病人一起用餐后风头压过他的时候，贝尔克不是出于过分的虚荣去了索马里，而是他觉得必须弥补那个跳错的舞步。这时候，他也觉得自己的话淡而无味，他知道里面缺了些什么：一种风趣，一种巧思，一种惊奇。所以他不但没有刹住话头，反而继续往下说，直到他看见奇妙的灵感远远向他走来："我借此机会向你们宣布我的建议：成立法捷昆虫学家联合会。（这个想法使他自己也惊讶，但他立刻觉得舒心多了。）我刚才跟我的布拉格同行谈到这件事（他向捷克学者的方向挥了挥手），他说他很高兴，要用上一世纪伟大的流亡诗人的名字命名这个联合会，从此将象征我们两国人民的友谊。密茨凯维奇，亚当·密茨凯维奇。这位诗人的一生如同一种教育，使我们想起我们所做的一切，不论诗歌还是科学，都是一种反抗。（'反抗'一词使他精神十足。）因为人是永远的反抗者（现在他知道自己是真的潇洒），不是么，我的朋友（他转身朝向捷克学者，捷克学者立刻出现在镜头里，低下头仿佛要说'是的'），您以您的一生、您的牺牲、您的苦难证明了这一点，是的，您向我确认这件事，名副其实的人永

77

远处于反抗中，反抗压迫，如果不再存在压迫……（他停顿好一会儿，只有蓬特万懂得来个如此长、如此有效的停顿，然后低声说:)……那就反抗不由我们选择的人类处境。"

反抗不由我们选择的人类处境。最后一句话是他这篇即兴演说的精华，自己听了也感到吃惊；这句话实在说得太漂亮了；远远不是政客的高谈阔论所能比拟的，却使他跟本国最伟大的思想家心灵相通了：加缪才能写出这么一句话，还有马尔罗或萨特。

伊玛居拉塔很高兴，向摄像师递个信号，摄像师立即停机。

这时候捷克学者走近贝尔克，向他说："说得太精彩了，真的，太精彩了，但是允许我向您说密茨凯维奇不是……"

贝尔克当众表演以后，总是有点醉醺醺，他打断捷克学者的话，声音坚定、嘲讽、响亮："我知道，亲爱的同行，我跟您一样很清楚，密茨凯维奇不是昆虫学家，然而要做诗人同时又做昆虫学家这是十分罕见的。但是尽管有这个不足，他们还是全人类的骄傲，您若允许，昆虫学家，其中包括您，也是他们的一分子。"

这时一阵哄堂大笑，像闷了很久的蒸气终于释放了出来；是的，自从他们发现这位自我感动的先生忘记宣读发言稿，昆虫学家就一直想笑。贝尔克信口雌黄，终于使他们摆脱顾忌，毫不掩饰心头的欢愉，咯咯咯笑个痛快。

捷克学者懵了：他的同行才两分钟前向他表示的敬意都到哪儿去了？他们笑！他们居然会笑，这怎么可能呢？人怎会那么容易从敬重转到轻视呢？（是的，亲爱的，是这样。）同情难道那么脆弱，那么不可靠吗？（当然，亲爱的，当然这样。）

同一时候，伊玛居拉塔走近贝尔克。她说话声音很响，好像带点醉意似的："贝尔克，贝尔克，你真了不起！这下你显出了本色！哦，我多么欣赏你的刻薄！你的刻薄也曾叫我难过！你还记得中学吗？贝尔克，贝尔克，想一想你叫我伊玛居拉塔，让你睡不着觉的夜鸟！惊扰你好梦的夜鸟！我们应该一起做部片子，你的人物专访。只有我才有权利做这么一部片子，你该同意吧。"

他乱棍子打向捷克学者，赢来了昆虫学家的满堂笑声，这笑声还在贝尔克的头脑里嗡嗡响，使他陶醉；遇上这样的时刻，他总感到无比的自我满足，会做出鲁莽诚恳的行动，经常使自己也害怕。先让我们原谅他正要做的事情吧。他拽了伊玛居拉塔的手臂，往旁边拉，躲开不识相的耳朵，然后悄声对她说："你给我滚吧，老婊子，带着你的有病的一路货，滚开吧，黑夜的鸟，黑夜的稻草人，黑夜的噩梦，你叫我想起自己的愚蠢，我年幼无知的耻辱柱，我记忆中的垃圾，我青春年代的臭屎堆……"

她听着，不愿相信她真的听到了自己听到的这些话。她想，这些可怕的字眼是他为了迷人眼目，为了故弄玄虚说给别人听的吧？她想这些话只是一种她还弄不清楚的手法。她于是一片天真地柔声问："你为什么跟我说这些话？为什么？我该怎么理解呢？"

"你怎么听到的就怎么理解！以字论字！严格地以字论字！婊子就是婊子，泼妇就是泼妇，噩梦就是噩梦，臭屎堆就是臭屎堆！"

24

整个这段时间，文森特从大堂酒吧那里，观察着他的轻蔑的
目标。这一幕活报剧在离他十来米远的地方演出，他们说的话他
一句也听不见。有一件事在他看来是清楚的：贝尔克在他的眼里
就像蓬特万一直描绘的那样：媒体小丑，蹩脚演员，自命不凡的
人，*舞蹈家*。毫无疑问只是有了他的出席，电视摄制组才对昆虫
学家产生了兴趣！文森特专心注视他，研究他的舞蹈艺术：他的
目光从不离开镜头，自始至终巧妙地站在其他人前面，善于雅致
地一挥手把众人的注意力集中到他身上。当贝尔克拽了伊玛居拉
塔的手臂时，他情不自禁叫了起来："你们看他，唯一使他感兴趣
的是电视台女主持人！他没有拽过外国同行的手臂，他对同行不
理不睬，尤其同行是外国人的时候，电视才是他唯一的导师，唯
一的情妇，唯一的姘头，我可以打赌，他不会有别的相好，我可

以打赌这是天下最大的胆小鬼！"

奇怪得很，这次他的声音，尽管低得叫人难为情，却句句让人听在耳里。确实，在一种情况下声音再低也会被人听见，那就是在谈到恼火的想法的时候。文森特发挥了他的思考，他有才情，语调尖刻，说到舞蹈家和他们跟天使订的契约，滔滔不绝，愈说愈来劲，他的修辞层层加码，就像上楼梯台阶，直抵顶层。一个戴眼镜的青年穿着一身三件套装，耐心地听他，观察他，像潜伏的野兽；然后，当文森特把他的辙儿都用尽时开口说：

"亲爱的先生，我们没法选择我们出生的时代。我们大家都生活在摄像机镜头前面。这从此成为人类处境的一部分。即使我们打仗，也是在摄像机镜头前打的。当我们要抗议什么的时候，没有摄像机就不会有人听到我们的抗议声。我们都是舞蹈家，像您所说的。我甚至还要说：我们要么是舞蹈家，要么是逃兵。亲爱的先生，时代在前进，您好像很遗憾。让我们往后退吧！退回到十二世纪，怎么样？但是一到了那个时代您会抗议那些大教堂，把它们看做是一个现代野蛮标志！退回到更久远的年代！跟猩猩一起过活！在那里您不会受到现代的威胁，您找到了自己的家，生活在恒河猴的圣洁天堂里!"

面对锐利的进攻却找不到锐利的回击，这是最令人屈辱的了。文森特说不出的狼狈，在嘲笑声中胆怯地退出了。他垂头丧气约一分钟后，记起了朱丽还等着他，一口喝尽手里握着没动的酒，然后把杯子放回到吧台上，拿了两杯威士忌，一杯自己喝，一杯带给朱丽。

25

三件套男人的形象像扎入他灵魂中的一根刺儿，他无法拔去；尤其发生在勾引女人的那个时刻更加难以忍受。如果思想上被一根刺扎着隐隐作痛，又如何去勾引她呢？

她发觉了他的脾气："这段时间你到哪儿去啦？我以为你不回来了。你要把我撂下不顾了。"

他明白她关注他，刺痛稍为缓解了一点。他试图重新施展自己的魅力，但是她依然不放心：

"别给我编故事了。你一会儿以前变了个人。你遇见什么熟人了吗？"

"没有，没有。"文森特说。

"不会错，不会错。你遇见了一个女人。我求你，你要跟她走，你可以走，半小时以前我还不认识你呢。继续不认识你我还是可以做到的。"

她愈来愈伤心。叫女人伤心是对男人最有益的芳香剂了。

"不是的，相信我，没有什么女人。有一个纠缠不清、哭丧脸的傻瓜，我跟他吵了一场。没别的，没别的。"他抚摸她的脸蛋，那么诚恳，那么温柔，她也就不再多疑了。

"可是，文森特，你完全变了样了。"

"来吧。"他对她说，请她陪着上酒吧去。他要用威士忌的激流把灵魂中的那根刺冲走。三件套俊男跟其他几个人还在那里。他的身边没有女人，文森特有朱丽陪伴，略为感到宽慰，朱丽在他眼里也一刻比一刻美丽。他又拿了两杯威士忌，一杯递给她，一杯迅速喝下，然后向她俯下身："看那边，那个穿三件套戴眼镜的傻瓜。"

"这个人？不过，文森特，这是个蠢货，十足的蠢货，你怎么跟他去计较？"

"你说得对。这是个野种，窝囊废，胆小鬼。"文森特说，他觉得有了朱丽，使他远离失败。因为真正的胜利，唯一值得争取的胜利，就是在昆虫学家的凄凉的无性世界里，快速勾引和征服一个女人。

"蠢货，蠢货，蠢货，我向你保证。"朱丽重复说。

"你说得对，"文森特说，"我若继续跟他计较，我自己也成了他一样的傻瓜。"这时在酒吧旁边当着众人的面，他吻了她的嘴。

这是他们的第一吻。

他们走入了花园，散步，停下，又亲吻。然后在草坪上找到一条长凳，坐了下来。从远处传来河水潺流声。他们很兴奋，不知道是什么原因；而我知道：他们听到了T夫人的河流，爱情夜的河水潺潺声；从时代的深井里，欢乐世纪给文森特带来了悄悄的永福。

他，仿佛听到了这样的话："从前，这些城堡里花天酒地。十八世纪，你知道。萨德。萨德侯爵。《闺房哲学》。你知道这部书吗？"

"不知道。"

"应该知道。我借书给你。两男两女在一次狂欢会中的对话。"

"喔。"她说。

"四个人都一丝不挂，正在做爱，大家一起做。"

"喔。"

"你会喜欢的，不是吗？"

"我不知道。"她说。但是这声"我不知道"不是拒绝，这是典型的谦虚，诚恳得令人感动。

刺不是那么容易剔除的。痛苦可以控制，可以压抑，装得若无其事，但是这种掩饰是一种力量。文森特那么热衷于谈论萨德和他的狂欢，还不是要腐蚀朱丽，更在于试图忘记二件套俊男对他的侮辱。

"你知道的，"他说，"你很明白。"他搂她，吻她，"你很明白你喜欢这个。"他很乐意给她引用从《闺房哲学》这部奇书中读到的许多警句，提到他熟记的许多情景。

然后他们站起身，继续散步。大月亮从树丛后面升起。文森特瞧着朱丽，突然他中了魔邪：白色月光照在少女身上，使她艳若天仙，有一种令他猝不及防的美，他从未在她身上见过的美：

精致，娇弱，圣洁，不可接近。突然，他甚至不知道这怎么发生的，他在想象她的屁眼。这一形象霎时间出乎意料地出现了，而且他再也摆脱不开了。

啊，给人带来自由的屁眼啊！亏了它，三件套俊男（终于，终于！）完全消失了。好几杯威士忌没有做到的事，屁眼在一秒钟内就完成了！文森特搂住朱丽，吻她，乱摸她的乳房，凝视她仙女般娇弱的美，整个时间他老是在想象她的屁眼。他一心想跟她说："我乱摸你的乳房，但是我想到的只是你的屁眼。"但是他做不到，这样的话他说不出口。他愈想她的屁眼，朱丽愈洁白、透明、宛若天使，以致他不可能把这样的话高声说出来。

26

薇拉在睡觉，而我站在敞开的窗子前，瞧着这两人月夜下在城堡的花园里散步。

突然我听到薇拉的呼吸加速，朝她的床转过身，知道她过会儿就要开始大叫。我从来没有见过她做噩梦！这座城堡发生什么事啦？

我把她弄醒，她对着我瞧，睁大眼睛惊恐万状。然后她像在发高烧似的急速叙述："我在这家酒店一条非常长的走廊里。突然，远处出来一个人，向着我奔过来。他走到十几米远时，开始大叫。你想，他讲捷克语！完全是蠢话：'密茨凯维奇不是捷克人！密茨凯维奇是波兰人！'然后他满脸凶相走近我，才几步远。这时候你把我叫醒了。"

"原谅我，"我对她说，"你是我深夜写作的受害者。"

"这话什么意思？"

"你的梦好比是一只垃圾箱，我把写得太不像话的废稿往里面扔。"

"你胡编些什么？一部小说？"她问，神情焦虑。

我低下头。

"你经常跟我说，你要写一部通篇没有一句正经话的小说。一部逗你一乐的大傻话。我担心这个时刻已经到来了。我只是提醒你：要小心。"

我头更低了。

"你妈跟你说过的话还记得吗？我听到她的声音，仿佛就在昨天说的：米兰库，不要开玩笑啦。没人会理解你的。你会冒犯所有人，所有人都会恨你。你记得吗？"

"记得。"我说。

"我提醒你。以前是正经保护着你。不正经就会把你暴露在狼面前。你要知道那些狼都等着你呢。"

说了这句可怕的预言，她又睡着了。

27

差不多也在那个时刻，捷克学者回到自己房间里，颓丧消沉。满耳还响着贝尔克冷嘲热讽引起的笑声。他一直发懵：人怎会那么容易从敬重到轻视呢？

事实上，我也在问自己，大气魄的全球历史时事印在他额上的吻，消失到哪里去了？

在这方面，奉承时事的人又弄错了。他们不知道历史导演的场景只是在最初几分钟内是打着灯光的。没有一件大事在整个发生时期都是现实的，只是在非常短的瞬间是现实的，也即是在刚开始的时候。几百万观众贪婪地注视着索马里濒临死亡的孩子，他们现在就不再死了吗？他们怎么样了？他们胖了还是瘦了？索马里还存在吗？还有，它到底存在过吗？还只是海市蜃楼的名字而已？

讲述当代历史的方法就如开一场盛大的音乐会，一口气推出贝多芬的一百三十八部作品，但是只演奏每部作品的前八段节拍。如果十年后再举办同一场音乐会，每部作品就只演奏最初一个音符，这样一百三十八个音符在整个音乐会上将作为一首曲子推出。二十年后，贝多芬全部作品就会浓缩成一个尖锐的长音符号，听起来就像他耳聋后第一天听的那个声音一样，又长又高。

　　捷克学者郁郁不乐，而作为一种安慰，他想起关于他在盖楼中英勇工作、大家都愿意忘记的那个时期，他还保留了一个物质的、可以触摸的回忆：那是他肌肉发达的骨骼。他脸上露出一丝谨慎满足的微笑，因为他肯定这里出席的人谁都没有他一身好肌肉。

　　是的，信不信由你，这个想法表面非常可笑，却给他带来真正的好处。他脱掉上衣，伏在地板上。然后做俯卧撑。他做了二十六下，对自己很满意。他记起那个时期，劳动后跟同事到工地后面的小池塘游泳。说实在的，他那时比今天在城堡里要快活一百倍。工人叫他爱因斯坦，爱他。

有一个想法很幼稚（他意识到这种幼稚，还高兴这种幼稚），就是到酒店的华丽游泳池里去游泳。来自这个思想复杂、文明过度、总之无信无义的国家的知识分子都弱不禁风，他存心带着一种喜形于色的虚荣，要在他们面前展现自己的身体。他幸好从布拉格把游泳裤也带来了（他去哪里都带在身边），他穿上，半裸着身子照镜子，曲臂二头肌鼓鼓的很神气。"谁要是否定我的过去，我这身肌肉就是不可驳斥的明证！"他想象自己围着游泳池走，向法国人指出还存在一种基本价值，即体魄的完美，这种完美他可以自夸，而他们却对此没有　点概念。然后他觉得赤身裸体走在酒店的走廊里未免有失体面，就披上了一件针织衫。剩下还有脚的问题。赤着双脚跟穿上皮鞋都有点不伦不类；他决定只套双袜子。这样装束以后，他又对着镜子照了一下。他忧郁之外又一次增添了一份自豪，又一次觉得对自己很有把握。

28

屁眼。可以有另一种说法，比如纪尧姆·阿波利奈尔[①]：你的身体的第九扇门。他写女人身体九扇门的那首诗有两个版本：第一版本出现在他一九一五年五月十一日从战壕写给情妇露的信里，另一版本是在同年九月二十一日从同一地点写给另一个情妇玛德兰纳的信里。这两首诗写得都很美，想象有所不同，格式却是一致的：每一节针对爱人身体上的一扇门：一只眼睛，另一只眼睛，一只耳朵，另一只耳朵，右鼻孔，左鼻孔，嘴巴，然后在给露的那首诗里是"臀部那扇门"，最后是第九扇门：阴户。可是，在第二首诗中，给玛德兰纳的那首，末尾对门有个奇怪的改变，阴户退而放到第八位，而屁眼"在两座珍珠山中央"豁然开启，变成

---

① Guillaume Apollinaire（1880—1918），法国诗人，散文作家和艺术评论家。

了第九扇门："比其他的门更为神秘"，"大家不敢谈论的魔门"，
"至高无上的门"。

我想到这两首诗前后相隔四个月又十天，阿波利奈尔在战壕里待了四个月，色授魂与，想入非非，才会对问题的看法有了改变，有这样的发现：屁眼是一个神奇的点，集中了裸体的全部核能。阴户这扇门当然是重要的（当然，谁敢否认呢？），但是其重要性历来得到官方公认，这部位注册在案，重点保护，检验，评论，审议，实验，监督，歌颂，礼赞。阴户——热闹的十字路口，那是人类喧哗汇合的地方，世世代代通过的隧道；这是最公开的地方，只有傻蛋才被人说得相信它有多么秘密。唯一真正的私处，使色情电影也在这个禁忌面前低下头来的，就是屁眼，至高无上的门；至高无上，因为最神秘，最微妙。

这份智慧，阿波利奈尔在枪林弹雨下过上四个月才省悟，而文森特带着被月光照得玲珑剔透的朱丽散步一次就领会了。

29

只能谈一件事，而这件事又没法谈，这情境够惨的了：没说出来的屁眼留在文森特的嘴里，就像一个布团，塞得他出不了声。他举目向天，好像向天求助。天也真是助他，让他立即来了灵感诗情大发；文森特喊了起来："瞧呀！"朝月亮方向做了个手势，"它多么像戳在天空的一个屁眼！"

他目光转向朱丽。她温柔透明，微微一笑，说："是的。"因为一小时以来凡是他说什么，她就乐意称赞什么。

他听到她说"是的"，还忍着饿引而不发。她的神情像仙女那么纯洁，他要听到她说："屁眼。"他期望看到仙女的嘴巴吐出这些字眼，哦，他急切期望着！他要对她说：跟着我念，屁眼，屁眼，屁眼，但是他不敢。不但如此，他还中了自己的辩才圈套，愈来愈深陷入隐喻不能自拔："从屁眼里射出一道灰白的光，充满宇宙的五脏六腑！"他向月亮伸出手臂："前进，朝着无止境的屁眼前进！"

对于文森特的即兴诗，我禁不住要稍作评论：他说出自己对屁眼的缠绵感情，藉以表达他对十八世纪、对萨德、对一切放浪不羁的自由派的景仰；但是他没有足够的魄力对这份缠绵感情追随到底；另有一份遗产，非常不同，甚至对立的，属于十九世纪，来给他解围了。也就是说，他只有用抒情隐喻的手法才能谈论自由派美好的缠绵。于是他牺牲自由思想的精神而保留诗的精神。屁眼，他转化为在天上的一个女人身材。

啊，这种转化令人遗憾，难以入目！跟随文森特在这条道路走下来，叫我很不愉快：他疯疯癫癫，就像苍蝇跌进了胶水堆，陷在他的隐喻里钻不出来；他还在叫："天之屁眼，犹如神圣镜头之孔眼！"

朱丽好像看出他们都累了，打断文森特的诗兴，伸手指指大窗子后面灯火通明的大堂："人差不多都走完了。"

他们回到里面：确实，只有几张桌子前还留下为数不多的晚走客人。三件套俊男已经不在了。可是，他的不在依然冲击着他的记忆，他又听到了他的声音，冷酷恶意，还夹杂他的同伙的笑声。他又感到难为情：他怎么在他面前这样手足无措？可怜巴巴说不出一句话？他竭力不去想他，但是做不到，他又听到他的话："我们大家都生活在摄像机镜头前面。这从此成为人类处境的一部分……"

他完全忘了朱丽，他惊讶，在这两个句子前停住了；多怪呀：俊男子的论据，跟他从前用以反对蓬特万的论据几乎一模一样："你要干预一场公开冲突，把大家的注意力吸引到一件丑闻上，在我们这个时代，你怎么能不是或不像是个舞蹈家呢？"

是不是由于这个原因，他才在俊男面前那么狼狈？他的推论离他太近了，叫他无法进攻？世界在我们脚下突然变成了一个没有下场门的舞台，叫大家都跌入同一个陷阱里？文森特的想法与俊男的想法难道没有什么真正的区别吗？

不，这种想法是无法忍受的！他轻视贝尔克，轻视俊男，他的轻视都先于他的判断。他固执己见，就是要找出他们之间的分歧点，直到他终于把它看得清清楚楚：他们就像卑贱的奴才，在强加于他们身上的人类处境中如沐春风：舞蹈家乐于做舞蹈家；而他，即使知道没有下场门，也要对这个世界表示不满。这时，他才想起了他应该当面对俊男做出的反驳："如果生活在摄像机面前成了我们的生存处境，我就奋起反抗。这不是我的选择！"这就是反驳！他朝朱丽俯下身子，不作任何解释地对她说："我们唯一可做的事，就是反抗不由我们选择的人类处境！"

她对文森特说话没头没脑已见怪不怪了，觉得这句话很精彩，用战斗的口吻说："那还用说！"仿佛"反抗"这词使她听了充满欢愉的力量，她说："上你的房里去吧，就咱们俩。"

一刹那，俊男又从文森特的头脑里消失了，他瞧着朱丽，听了她最后几句话美滋滋的。

她也美滋滋的。酒吧旁边还有几个人，在文森特跟她搭讪以前，她就跟他们在一起。这些人自顾自，当她不存在似的，她为此感到委屈。现在她看着他们，凛凛然不可侵犯。他们都无足轻重了。她将度过一个爱情之夜，这份享受是靠自己的意志、自己的勇气得来的；她感觉充实，运气好，比这些人都强。

她在文森特耳边悄悄说："都是窝囊废。"她知道这是文森特的用语，她也是用来向他暗示她委身于他、她属于他的。

仿佛她把一枚快活果交到了他的手里。他现在可以带着这个有屁眼的美女直接进入自己的房间，但是他好像在服从远处发来的指令，觉得有必要在这里闹一场。他一时酒性大发，眼前异象纷呈：看见了屁眼，想到了迫在眉睫的性交，听到俊男的冷嘲热讽，闪过蓬特万的身影；他像一个托洛茨基，从他在巴黎的地下掩体，指挥一场大骚乱，一场昏天黑地的大暴动。

"咱们去游会儿泳吧。"他向朱丽说，快步走下楼梯，朝游泳池跑去，这个时候池里空无一人，就像一座舞台展开在可以俯视它的人面前。他解开衬衣扣子。朱丽奔向他。"咱们游会儿泳吧，"他又说了一遍，把裤子一扔，"你脱吧！"

30

贝尔克怒斥伊玛居拉塔的话，说得低低的，带尖哨声，四周的人没能弄清眼前到底发生了什么。伊玛居拉塔也能做到不露声色。当贝尔克离开她时，她朝楼梯走去，上了楼，只是在通往客房的空走廊里只剩下独自一人时，才发觉自己走路打晃儿。

半小时后，摄像师毫不知情，走进了他们合用的那个房间，发现她俯卧在床上。

"出什么事了？"

她没有回答。

他坐到她身边，把手放到她头上。她摇头，仿佛有条蛇碰上了她。

"出什么事了？"

他好几次提出同样的问题，直到她对他说："请你去漱一漱口，我受不了你的口臭。"

他没有口臭，他一直用肥皂，细心保持干净，他知道她在瞎说，但还是乖乖地走进浴室去做她命令他做的事。

伊玛居拉塔不是平白无故才出现口臭的念头，这是最近发生、她又立刻不去想的一件往事，使她说出这句恶意的话：那是贝尔克的口臭。当她被他骂得狗血喷头时，她不可能有心思去管他散发什么气味，而是藏在她心中的观察员，代替她记录了这个令人呕吐的臭味，还加上了这段具体清醒的评论：口臭的男人找不到情妇；没有一个女人会迁就；每个女人都有办法向他暗示他口臭，要他改正这个缺点。她挨着一阵阵恶骂，却在听这个无声的评论，在她看来这里面还包含喜讯和希望，因为这让她明白，虽然被贝尔克撂下的美人的阴魂狡猾地在他身边打转，他已很久对幽会私情无动于衷了，他床上另一边的位置还是空的。

摄像师是个既浪漫又实际的人，漱口时心里在想，唯一改变伴侣暴虐脾气的方法，是赶快跟她做爱。他在浴室里穿上睡衣，蹑手蹑脚走到床边挨着她坐下。他不敢碰她，又说："出什么事了？"

她神志绝对清醒，回答说："你要是只会向我说这句蠢话，我想跟你谈也是白搭。"

她站起身，朝大衣柜走去，打开柜子看她挂在里面的几件长裙；这些长裙吸引她，唤醒她心中的欲望，既模糊又强烈，决不让人赶出舞台；回过头来要从屈辱中振作，不承认自己的失败；若有失败，也要把失败转化为大场面的演出，她要借此展示她受伤的美，表露她反抗的豪情。

"你干什么？你要去哪儿？"他说。

"这无关紧要。对我要紧的是不跟你待在一起。"

"但是究竟出了什么事，总可以告诉我吧！"

伊玛居拉塔瞧着自己的长裙，注意到这是"第六遍"。我要说的是她没有算错。

"你做得很出色，"摄像师对她说，决心绕过她的脾气，"我们是来对了。你做贝尔克的计划看来十拿九稳了。我订了一瓶香槟送到房里来。"

"你爱跟谁喝什么，悉听尊便。"

"但是出了什么事呢?"

"第七遍。跟你是完了。永远完了。我受够了你嘴巴散发的臭味。你是我的噩梦。我的梦魇。我的失败。我的羞耻。我的委屈。我的嫌恶。我应该跟你把这话说出来。一口气说完。不要犹豫不决。不要让噩梦做下去。不要让这种毫无意义的事拖下去。"

她站着，面对打开的大衣柜，背对摄像师，说话平静果断，声音低低的，带哨音。然后她开始脱衣服。

31

　　这还是她第一次如此不羞怯，如此满脸不在乎地在他面前脱衣服。这样脱衣服的含义是：你出现在这里，在我面前，毫无作用，根本不在我眼里，就像面前多了一条狗或一只老鼠。你的目光不会使我身上任何一块肉产生反应。我可以在你面前做任何事，做最不得体的事，我可以在你面前呕吐、洗耳朵或屁股、手淫、撒尿。你是个无眼、无耳、无头的家伙。我骄傲的冷淡是一件罩衣，让我在你面前自由自在地、没羞没臊地走来走去。

　　摄像师看到眼前这个情妇的身体完全起了变化：这个身体在这以前奉献给他时，随便，迅速；而今像一尊希腊雕像，矗立在高达百米的基座上。他欲念难熬，这是一种奇怪的欲念，这不是挑动感官的欲念，而是充塞脑袋——只是他的脑袋——的欲念，就像神痴、执念、邪教狂，深信这个身体，而不是别的身体，是生来与他朝夕相处的，终生相伴的。

她感觉到这种痴迷、这份忠诚贴上她的皮肤，头脑一阵子发冷。她自己也觉得惊奇，头脑从来没有这样发冷过。这一阵发冷，就像一阵情欲、一阵热火或一阵怒意。因为这种冷实在是一种情欲；就像摄像师的绝对忠诚和贝尔克的绝对拒绝，是她要抗拒的同一诅咒的两方面；就像贝尔克的粗暴对待要把她投入到庸俗的情人的怀抱里，而对这种粗暴对待能做出的唯一的炫耀行为，就是要对这个情人表示绝对的仇恨。是这个原因使她那么愤慨地拒绝他，渴望把他变成老鼠，把这只老鼠变成蜘蛛，把这只蜘蛛变成一只被另一只蜘蛛吞噬的苍蝇。

她已经穿上了白色长裙，决心下楼去，站到贝尔克面前，所有其他人面前。她很高兴带来了一件白色长裙，白色象征婚姻，因为她印象中在过一个婚礼日，颠倒的婚礼，没有新郎的悲剧性婚礼。她的白色长裙下掩盖着不公正所带来的伤痕，她感到不公正使她伟大，使她美丽，就像悲剧中的人物因痛苦而美丽。她朝门走去，知道另外那个人穿了睡衣，紧跟着她出来，像一条崇拜她的狗走在她身后，她要他们两人这个样子穿越城堡，悲情荒唐的一对，一位王后身后跟着一条野狗。

32

但是已被她贬为狗类的那个人叫她大吃一惊。他在门框里站得笔直，满脸怒容。他的驯顺的意志力突然一下子衰竭了。他满怀绝望的欲念，就是要跟这个不讲公道、侮辱他的美人对着干。他没有勇气掴她耳光，揍她一顿，把她抛在床上，强奸她，因而更觉得有必要做出某种不可挽回、粗鲁、嚣张的事。

她不得不在门槛前停住。

"让我过去。"

"我不会让你过去的。"他对她说。

"你对我再也不存在了。"

"怎么，我不再存在了？"

"我不认识你。"

他一声强笑："你不认识我？"他提高声音："今天早晨咱俩还

108

干过呢！"

"我禁止你这样跟我说话！不许说这样的话！"

"今天早晨就是你自己跟我说了这样的话，你跟我说干我吧，干我吧，干我吧！"

"那时我还爱着你，"她说时有点儿难堪，"但是现在这样的话就只是粗话了。"

他大喊："可是咱俩干过啊！"

"我不许你说！"

"前　夜也还干过，干过，干过！"

"别说啦！"

"你为什么早晨忍受我的身体，而晚上就不行了呢？"

"你知道我讨厌庸俗！"

"我才不管你恨的是什么！你是个婊子！"

啊，他真不应该说出这句话，跟贝尔克骂她的一模一样。她喊："庸俗叫我恶心，你叫我恶心！"

他也喊："那么你跟叫你恶心的人干了！一个女人会跟叫她恶

心的人干，还不是个道道地地的婊子，婊子，婊子！"

摄像师的话愈来愈粗鲁，伊玛居拉塔脸上露出恐惧。

恐惧？她真的恐惧他吗？我不相信；她内心深处明白，不必要夸大这种反抗的严重性。她知道摄像师的奴性，有把握叫他服服帖帖。她知道他辱骂她是因为他要有人听到他，看到他，认真对待他。他辱骂她是因为他是弱者，他只能用粗鲁和咄咄逼人的话来代替力量。她若爱他，只要稍作表示，这种绝望无能的感情爆发出来是会叫她心醉的。但是她不想心醉，她有一种疯狂的要他痛苦的欲望。恰是为了这个理由她决定把他的这些话按照原意来理解，相信这是真心的辱骂，怕了起来。为了这个理由她两眼盯着他看，要表示出胆战心惊。

他看到伊玛居拉塔脸有惧色，精神一振，以往总是他害怕、退让、道歉，突然，因为他让她看到了自己的力量，自己的愤怒，她才发抖了。想到她正准备承认自己的软弱和投降，他提高了嗓门，继续唠唠叨叨他的那些嚣张而又无能的蠢话。可怜的家伙，他不知道他一直在她的支配下玩游戏，即使他以为在愤怒时找回了力量和自由，还是在她操纵下的一个玩具。

她对他说："你叫我害怕。你丑恶，你粗暴。"这个可怜虫他不知道这个指责是永远不会收回的，而他，善良顺从的软骨虫，也从此以后成了一名强奸者和骚扰者。

"你叫我害怕。"她又说了一次，推开他要往外走。

他让她通过，尾随在后面，像一条野狗尾随一位王后。

33

　　裸体。我保存了一九九三年十月号《新观察家》的一份剪报；一份调查表：给一千二百名自称左派人士分送了一张有二百一十个词的表，让他们从中挑出引起他们遐想的词，触动他们神经的词，他们觉得有吸引力和亲和力的词。在这以前几年，也进行过同样的调查：那个时代，在二百一十个词中，左派人士对十八个词的看法是相同的，表示了一致的感情。今天，大家欣赏的词只剩下了三个。左派只对其中三个词看法相同？哦，多大的滑坡！哦，多大的衰退！这三个词是什么词呢？请听着：反抗，红，裸体。反抗与红，这是没说的，但是除了这两个词外只有裸体这个词让左派人士心跳，只有裸体这个词还是他们共同的象征性遗产，这叫人吃惊。法国大革命庄严掀开的两百年光辉篇章，只给我们留下了这三个词？这难道是罗伯斯庇尔、丹东、饶勒斯^①、罗莎·卢森堡、列宁、葛兰西^②、阿拉贡、切·格瓦拉留下的遗产吗？裸体？光肚皮，卵蛋，光屁股？最后几支左派分队难道举着这面最后的旗帜，装模作样去进行他们跨越世纪的伟大进军吗？

但是为什么恰恰是裸体呢？在这家调查所分发给他们的调查表中，左派选择的这个词，究竟对左派意味着什么呢？

我想起了德国左派队伍，那是在七十年代，为了表示对某件事的愤慨（一座核电站，一场战争，金钱的权力，还有什么别的），他们身上剥得光光的，一边怒吼，一边游行在德国大城市的街道上。

他们的裸体要表达的是什么？

第一假设：对他们来说，裸体表示一切自由中最宝贵的自由，一切价值中最受威胁的价值。德国左派人士露着生殖器串街走巷，就像受迫害的基督徒扛着木头十字架走向死亡。

---

① Jean Jaurès（1859—1914），法国社会党领袖。
② Antonio Gramsci（1891—1937），意大利革命家。

第二假设：德国左派人士不是要高举一个价值的象征，只是要震动一下可恨的群众。震动他们，吓唬他们，激怒他们。把大象的粪便没头没脑向他们倒，把全世界的臭水对准他们冲。

令人费解的两难推理：裸体象征一切价值中最大的价值，还是一切价值中最肮脏的价值，把它当做一包粪便抛往敌人的集会？

对文森特来说，裸体表示什么？他对朱丽再三说："你脱吧。"又说："在野种的眼里露一露！"

对朱丽来说，裸体表示什么？她温顺地，甚至还有点兴奋地说"为什么不"，解开了她的长裙。

34

　　他赤身裸体。他有点儿惊讶，一边轻咳一边笑，对她笑不如说对自己笑。在这个玻璃大空间里这样子赤条条一丝不挂在他是那么不平常，只觉得这情境太出格了，也无暇去想其他事。她已经卸下胸罩，然后内裤，但是文森特没有真正看见她：他看到她裸着身子，但是不知道她裸着身子时是怎么样的。让我们回忆一下，一会儿以前他满脑子想的是她屁眼的形状，现在这个屁眼已经从真丝内裤中解放出来，那他是不是还在想呢？不，屁眼已在他的脑袋里蒸发了。他没去仔细观察在他面前赤裸的身子，不去走近它，不去慢慢窥视它，不去碰它，却转过身子，往水里跳了下去。

　　这个文森特真是个怪孩子。他肆意攻击舞蹈家，他对着月亮说胡话，归根结蒂这是个运动员。他跳下水，游了起来。一开始他忘记自己裸体，忘记朱丽裸体，只想到自己的自由泳。朱丽在他后面，不会跳水，小心翼翼走下梯子。文森特竟没有转脸朝她看！对他太可惜啦：因为朱丽迷人，非常迷人，她的身体好像熠熠生辉；不是她怕羞，而是另一种同样美的东西：孤独、亲昵，又笨拙。因为文森特头埋在水下，她肯定没有人瞧着她；水浸到她的阴毛，好像冷，她愿意钻入水里，但是缺乏勇气。她停了一下，犹豫；然后，谨慎地再走下一级梯子，水升到她的肚脐；手伸入水，撩水冷一冷乳房。瞧着她真美。天真的文森特没想到什么，但是我终于看到了一个裸体，不代表什么，既不是自由也不是污秽，一个不附任何其他意义的裸体，赤裸裸、原生、纯洁、叫男人失魂落魄的裸体。

终于，她开始游泳。比文森特慢得多，脑袋生硬地露在水面上；当文森特把十五米长的游泳池游完三遍，她游近梯子准备上岸。他赶紧跟着她。他们正在池边，这时上面大堂传来声音。

看不见的陌生人快走近跟前，文森特着急了，开始大叫："我来鸡奸你！"带着野兽的怪相向她扑了过去。

他们亲昵散步时，他不敢向她悄悄说哪怕是一个猥亵的字眼，现在随时有被人闯见的危险，他又大喊大叫下流话，这是怎么一回事？

恰是因为他不知不觉离开了私密的领域。在封闭的小空间里说的一句话，跟在有回声的梯形大厅说的同一句话，意义是不同的。这已不是他能完全负责、专门针对某个对象说的话，这是其他人——那些在那里瞧着他们的人——要求听到的话。梯形大厅，说真的，是空的，但即使是空的，那些群众，想象出来的和想象中的，潜在的和虚构的，都在那里，跟他们在一起。

不妨问一声谁是这些群众；我不相信文森特会提及他在研讨会中见到的那些人；现在围在他四周的群众是人数众多、追问不舍、要求很高、激动好奇，但同时面貌线条一成不变、完全无法辨认的人；这是不是说他想象的群众是舞蹈家梦中的群众？看不见的群众？蓬特万正在创造他的理论时作为依据的群众？全世界？没有面貌的无穷大？一种抽象概念？不完全是：因为在这无名的纷扰后面露出了几张具体的面孔；蓬特万和其他同伙；他们饶有兴趣地观察整个舞台，他们观察文森特、朱丽，甚至围在他们四周的陌生群众。文森特为着他们大喊大叫，他要获得他们的崇拜、他们的赞许。

"你不会鸡奸我的！"朱丽大叫，她对蓬特万的事一无所知，但是她也是，这句话是说给那些不在那里又可能在那里的人听的。她期望他们的崇拜吗？是的，但是她只是为了取悦文森特而期望。为了得到这个男人的爱，她愿意看不见的陌生群众对她欢呼，她选择他欢度今日的良宵，也可能其他许多良宵，谁知道呢？她绕着游泳池奔跑，两只奶子欢乐地左右摆动。

文森特的话愈说愈大胆；只是用了比喻，才隐约蒙上一层雾，使那些话不致那么露骨庸俗。

"我用我的鸡巴戳穿你，把你钉在墙上！"

"你不会把我钉上的！"

"你将十字形地钉在游泳池的顶棚上！"

"我不会被钉成十字形的！"

"我在全世界面前撕裂你的屁眼！"

"你撕裂不了的!"

"每人都会看到你的屁眼!"

"没人会看到我的屁眼!"朱丽大叫。

这时候,他们又听到声音,近在身旁,使朱丽轻快的步子也变得沉重了,吓得她要停下来,开始尖声怪叫,仿佛几秒钟后就要被人强暴的女人。文森特抓住她,跟她一起跌倒在地上。她睁大着眼睛盯着他看,等待插入,她已决定不再拒绝了。她张开双腿,闭上眼睛,把头微微转向一边。

35

插入没有实现。没有实现，因为文森特的器官太小，像树林中的干瘪草莓，像曾祖母的针箍儿。

为什么它那么小？

我对文森特的器官直接提出这个问题，器官大惑不解，回答说："我为什么不可以这么小？我看不到有什么大的必要！相信我，这个想法说实在的我从未有过！也没有人跟我说过。我跟文森特保持一致，瞧着围绕游泳池的奇怪跑步，急于要看到会发生什么！我玩得很开心！现在您要来责怪文森特阳痿！请别提啦！这使我有沉重的负罪感，这是不公正的，因为我们生活在完美的和谐中，我向您发誓，我们谁都不对谁失望。我一直为他自豪，他为我自豪！"

器官说的是真话。此外，文森特并不为自己的表现过于恼火。

如果他的器官在公寓幽会中这样表现，他决不会原谅。但是在这里，他准备把它的反应看做是理智的，甚至是得体的。他决定实事求是对待问题，开始进行模拟交媾。

朱丽也是既不恼火，也不失落。身上感觉到文森特的动作，然而体内又不感觉到什么，显得蹊跷，但是总的说来还可以接受，她用自己的动作来迎合情人的节拍。

他们听到的声音离远了，但是在有回声的游泳池空间响起一个新的声音：一个人的跑步声，就在他们身边经过。

文森特的喘气声加速，粗大；他高吼低叫，而朱丽呻吟呜咽，部分是因为文森特的湿身体不停地拱着她痛，部分是因为她要这样跟他的咆哮一唱一和。

36

　　捷克学者只是到了最后时刻才窥见他们，没法回避了。但是他装得好像他们不在似的，努力把目光盯着其他地方。他怯场了：他还不熟悉西方的生活。在共产主义国家，游泳池边做爱是不可能的，就像其他许多事一样，他必须从现在起耐心学习。他已经到了游泳池的另一边，还是想转过身朝扭作一团的情人迅速看上一眼；因为有一件事叫他担忧，交媾男子的身体是不是受过良好训练？肉体爱或体力劳动对身体文化哪个更有用？但是他还是克制了自己，不想被人当做一个窥私癖。

　　他在池的另一边站住，开始做体操：他首先高抬膝盖原地跑步；然后双手撑在地上，两脚腾空，他从童年起就知道掌握这个姿势，体操运动员称为大倒立，他今天做得跟从前一样好；他想到了一个问题：有多少法国大学者会像他那样做呢？有多少部长？他把他知道姓名和凭照片认识的部长一个个想过来，他试图把他们想象成这个姿势，靠双手保持平衡，他很满足：在他看来，他们都很笨拙和虚弱。他做了七次大倒立后俯卧躺下，用手臂撑起身子。

37

朱丽和文森特毫不理会四周发生的事。他们不是有裸露癖的人，不会设法用别人的目光引起自己兴奋，也不吸引这样的目光，观察其他观察他们的人；他们不是在纵情狂欢，只是在表演，演员在演出时都不愿碰上观众的眼睛。朱丽比文森特更是这样，努力什么都不看。可是刚才落在她面孔上的目光太沉重了，她没法不感觉。

她抬起眼睛看见了她：她穿了一件讲究的白色长裙，定定地盯着她看；她的目光奇异遥远，可是沉重，沉重得可怕；像失望那么沉重，像我不知怎么办那么沉重，而朱丽在这份重压下，感到瘫痪了似的。她的动作慢了，萎了，停止了；再呻吟几下，也就不出声了。

穿白裙的女人有天大的欲望要喊，可又努力克制住自己；尤因她为之呼喊的那个人听不到，这种欲望就更大了，更叫她无法摆脱。突然，她再也克制不住，大喊一声，尖而可怕。

朱丽这时从迷糊中醒来，站起身，拿了内裤穿上，迅速把凌乱的衣衫往身上一披，逃离而去。

文森特动作较慢。他拾起衬衫、长裤，但是在哪儿都找不到内裤。

后面几步路的地方，一个穿睡衣的男人直立着，没有人看见他，他全神贯注于那个穿白裙的女人，也没有看见其他什么人。

38

　　她忍受不了被贝尔克抛弃，怀着疯狂的欲望要去向他挑衅，穿一身漂漂亮亮的白衣（圣洁的美人不是穿白的吗？），在他面前搔首弄姿。但是她穿越城堡的走廊和大堂不太顺利：贝尔克不在，摄像师跟着她不像一条顺从的野狗那么安静，而是声音又高又难听地对她说话。她倒是把大家的注意力都吸引到自己身上，但是这是一种恶意嘲弄的注意力，以致她加快步子；这样她逃跑似的走到了游泳池边，在那里撞上了正在交媾的一对男女，她终于憋不住喊叫了一声。

　　这声喊叫使她醒来，她在一片光明中突然看到自己跌入了陷阱：后面是追兵，前面是水。她清醒地看出这样的包抄是没有办法突围的，她可以安排的唯一出路是一条荒谬的出路，她还能采取的唯一理性行动是一个疯狂行动；她竭尽意志的全部力量选择无理性：往前走了两步，跳入水中。

她跳入水中的方式颇为奇特：她很会跳水，不像朱丽，可是她两脚先入水，双臂张开，颇不雅观。

这是因为所有姿势除了实际功用以外，还包含一种意义，这往往超出做姿势的人的意图；当穿游泳衣的人往水里跳，姿势中表现出欢乐，虽然跳水者偶尔也有悲哀的。当一个人穿了衣服跳水，这是另一码事了：只有存心溺水的人才会穿了衣服往水里跳；存心溺水的人不是头朝下跳；他让自己往下落，就像远古的姿势语言所说的。这就是为什么伊玛居拉塔，虽是游泳好手，但穿了漂亮的长裙往水里跳，只能姿势糟糕得很。

没有任何理性的理由，她就这么落到了水里；她在水里顺应自己的姿势，其中的意义渐渐地布满了她的灵魂；她感觉到自己在自杀，正在溺毙，她今后做的一切只是一场芭蕾，一场哑剧，在这场哑剧中她的悲剧性姿势将延续她的无言的演说：

她跳入水里后，又站了起来。这里池底浅，水只到她的腰际；她站了一会儿，昂首挺胸。然后她又让自己落下去。这时刻，长裙上的一条披肩解开了，在她身后漂着，就像死者身后漂着纪念物。她重新又站了起来，头微微向后昂，双臂张开，好像要奔跑，向前走了几步，这里游泳池下是个坡底，她又淹没了。她就是这样前进着，像一头水怪，像一只神鸭，头钻在水底下不见了，然后又抬起往后昂。这些动作是歌唱在天上生活或在水底死亡的欲望。

穿睡衣男人突然跪在地上，哭了起来："回来吧，回来吧，我是个罪人，我是个罪人，回来吧！"

39

　　游泳池的另一边，水较深的地方，正在做俯卧撑的捷克学者瞧着这一切发呆，他起初以为新到的那一对是来跟交媾的一对汇合的，他终于将要目睹一场传说中的光身子大会。他在共产主义清教徒帝国的脚手架上工作时也屡有所闻。他感到难为情，甚至想到遇上这种集体交媾场合应该回避一下，回到自己的房间去。然后可怕的尖叫声钻入他的耳朵，他双臂张开，像风化了似的呆着，没有继续做自己的体操，虽则到那时他才做了十八下。白裙女子就在他的眼皮底下跳入水中，一条披肩在她身后漂着，还有几朵人工小花，蓝的，玫瑰色的。

　　捷克学者一动不动，挺着上身，终于明白这个女人要自溺；她努力把头埋在水里，但是意志力不够坚强，总是站起来。他目击一场自杀，又跟他一直想象的不一样。这个女人是病了，伤了或是给赶了出来。她站起身，又消失在水面下，一次又一次；她肯定不会游泳，她愈往前愈下沉，以致水立刻就要把她淹没了。她要死在一个男人被动的目光下，那个男人穿了睡衣跪在游泳池边，看着她，哭。

捷克学者不能再犹豫了：他站起身，俯身在水面上，腿微屈，手臂往后伸。

穿睡衣男人再也看不见那个女人了，却对一个陌生男人的身架子入了迷，他高大强壮，就在他的对面十五米左右，准备干预这场与他无关的闹剧，这场穿睡衣男人嫉妒地留给自己和自己所爱的女人了结的闹剧。因为他爱她，谁会怀疑呢，他恨只是暂时的；即使她叫他痛苦，要他真正恨她，长时间恨她，办不到。他知道她做事专横，感情用事，毫无理性，难以制服，他不理解却崇拜她那神奇的感情。即使刚才还对她破口大骂，心底里还是深信她是无辜的，惹他们不和的罪魁祸首另外有人。他不认识他，不知道他在哪里，但是他见到了不会放过。他带着这种心态，瞧着那个人身手矫健地俯在水面上，他像受了催眠，瞧着他的身体，肌肉结实，却有女性的粗大腿，说不出道理的肥大的腿肚子，整个人奇怪地不匀称，这个荒谬的身子就像在体现世道的不公正。他对这个男人一无所知，也不猜疑什么，但是痛苦叫他昏了头，他在这个高大的丑身材上看到的却是自己也说不清楚的痛苦，立即对他产生一种难以克制的仇恨。

捷克学者跳入水里，有力地划了几下靠近女人。

"让她去！"穿睡衣男人吼叫，也往水里跳。

学者只离女人两米了，他的脚已经接触到池底。

穿睡衣男人向他游过去，又吼叫："让她去！别碰她！"

捷克学者双臂伸到女人身下，女人搁浅了，叹了一口长气。

这时，穿睡衣男人跟他靠得很近："放开她，不然我把你宰了！"

他的一双泪眼，看到面前没有别的，只有一个不匀称的身影。他抓住他的一侧肩膀，猛力摇晃。学者一个踉跄，女人跌出他的双臂。这两个男人都不顾她了，她朝梯子游去，上了岸。学者瞧着穿睡衣男人的充满仇恨的眼睛，他自己的眼睛也闪烁着同样的仇恨。

穿睡衣男人再也克制不了，动手打。

学者感到嘴上一阵痛。他用舌头舔了舔门牙，一颗已经松动了。这是一颗假牙，一名布拉格牙医费了好大的劲才打在根部，两边也镶上其他假牙；牙医屡次三番向他解释这颗假牙将作为其他假牙的桩子，要是这颗牙有一天掉了，他就逃不过要镶全口假牙，捷克学者对于全口假牙感到不可言喻的恐怖。他用舌头检查那颗摇动的牙，脸色变得苍白，起初是焦虑，然后是狂怒。他的一生都出现在他面前，眼泪一天内第二次夺眶而出；是的，他哭了，哭着哭着脑袋里却长出了一个主意：他失去了一切，有的只是一身肌肉了；但是这些肌肉，这些可怜的肌肉，对他又有什么用呢？这个问题像一根弹簧使他的右臂做出可怕的动作：这样打出了一记耳光，这记耳光可与满口假牙的悲哀一样巨大，可与法国全国游泳池畔疯狂做爱半世纪一样巨大。穿睡衣男人消失在水底下了。

他跌得那么快，那么完美，捷克学者以为把他杀了；呆头呆脑过了一会后，他俯下身，把他捞上来，在他脸上轻轻拍了几下；那人张开眼睛，茫茫然的目光停留在不匀称的怪影上；然后他挣脱身子，朝梯子游去，要去找那个女人。

40

那个女人，蹲在游泳池边，专心瞧着穿睡衣的男人跟人打了起来，又跌进水里。待他一爬上游泳池的方砖地，她就站起身，朝楼梯走去，头也不回，但是慢慢地好让他跟上来。他们就这样一言不发，浑身湿透穿过大堂（早已空空如也），沿着走廊，走到了房间。两人衣服都在淌水，人冷得发抖，必须换衣服。

然后呢？

什么，然后？然后他们做爱了，你们还能想出其他什么吗？这一夜，他们将安安静静度过，她只是呻吟几声，就像受过别人的伤害。这一切都会继续，他们今晚的首演节目，在今后的日子，今后的星期里还会重演。为了表明她超越一切庸俗，超越她轻视的平凡世界，她重新逼他下跪求饶，他责备自己，掉眼泪，她因此变得更加恶意，叫他当乌龟，到处公开自己的不忠，叫他痛苦，他反抗，他粗鲁，威胁，决定做点见不得人的事，他打碎一只花瓶，破口大骂下流话，这时她装作害怕的样子，控诉他是强奸犯，袭击者，他又下跪求饶，又流眼泪，又自称有罪，然后她允许他跟她睡觉，如此等等，循环不息，几周，几月，几年，永远。

41

捷克学者呢? 舌头舔着摇晃的牙齿, 他想, 这就是我面对的余生: 一颗摇晃的牙齿, 为了不得不带全口假牙而心惊胆战。没别的了吗? 没别的了吗? 没别的了。在一次顿悟中, 他的生平在他看来不像是一场精彩绝伦的冒险, 充满独一无二的戏剧性事件, 而像是一小堆乱七八糟的琐事, 穿过星球, 速度快得叫人看不清面貌, 以致贝尔克可能有理由把他看成是匈牙利人或波兰人, 因为他很可能真是个匈牙利人、波兰人, 也可能是土耳其人、俄罗斯人或者甚至是一个要死在索马里的孩子。当事物发展太快时, 谁对什么都无把握, 对一切都无把握, 甚至对自己也无把握。

当我说起 T 夫人的夜晚时, 我提到了存在主义数学教科书前几章中的一个著名方程式: 快的程度与遗忘的强度直接成正比。从这个方程式可以演绎出各种各样的推理, 比如说这个结果: 我们的时代迷上了速度魔鬼，由于这个原因，这个时代也就很容易被忘怀。我宁可把这个论断颠倒过来说：我们的时代被遗忘的欲望纠缠着；为了满足这个欲望，它迷上了速度魔鬼；它加速步伐，因为要我们明白它不再希望让大家回忆；它对自己也厌烦了，也恶心了；它要一口吹灭记忆微弱的火苗。

亲爱的同胞，我的同志，布拉格蝇的著名发现者，脚手架上的勇敢工人，我再也不忍看到你插在水里！你要着凉的！朋友！兄弟！不要自寻烦恼！出来吧！上床去。享受被人遗忘的欢乐。把自己裹在甜蜜的全面遗忘的披肩里。不要去想伤害你的笑声，这种笑声再也不存在了，就像你在脚手架上的岁月、你受迫害的光荣也都不存在了。城堡一片静悄悄，打开窗子，树香将溢满你的房间。呼吸吧。这是有三百年树龄的古栗树。树叶簌簌响，跟 T 夫人和她的骑士在小屋相爱时听到的没有什么两样；那时从你的窗口可以看到那间小屋，可惜这再也看不到了，因为在那十五年后、一七八九年革命期间它被毁了，什么都没有留下，除了你从来没有读过、今后也很可能不会去读的维旺·德农的短篇内，有几页还提到它。

42

　　文森特没有找回内裤，把长裤和衬衫往湿淋淋的身上一套，跑步追赶朱丽。但是她太灵活，他又太慢。他奔过几条走廊，没有看到她的形迹。他不知道朱丽住哪个房间，知道自己机会很小，但是继续在走廊里徘徊，希望有一扇门打开，朱丽的声音对他说："进来吧，文森特，进来吧。"但是人人都睡了，听不到一点声音，每扇门都关着。他喃喃说："朱丽，朱丽！"他把他的嗫嚅声升高，他把他的嗫嚅声吼响，但是回答他的只是静默。他想象她。他想象她那被月光照得半透明的面孔。他想象她的屁眼。啊，她的屁眼赤裸裸的就在他旁边，他却错过了，完全错过了。他没有碰也没有看。啊，这可怕的形象又出现在那里，他可怜的器官醒来了，起来了，哦，它起来了，无用地，没道理地，不着边际地。

　　他回到自己房间，倒在一张椅子上，满脑子只有对朱丽的欲望。他准备不顾一切去找回她，但是无从着手。明天早晨她会到餐厅里用早餐，可惜的是他已经在巴黎的办公室里了。他不知道她的地址，她的姓，她的工作地点，什么都不知道。他孤零零绝望之至，表现在物质上的就是那个大得不合时宜的器官。

这个器官呢，才一小时以前，明白事理，可圈可点，知道保持适当的个儿，这一点他在一篇精彩的演说中曾经为之辩白，论据合情合理，给我们大家都留下了深刻的印象；但是现在我对这个器官的理智产生了怀疑，这次它失魂落魄，毫无值得一提的理由，却对着全世界竖了起来，就像贝多芬的《第九交响曲》，面对可悲的人类，竟然嘎声大唱欢乐颂。

43

薇拉已是第二次醒来了。

"你为什么非得把收音机开得震天响？你把我闹醒了。"

"我没在听收音机。这里像其他地方一样安静。"

"不，你听了收音机，你还赖。我睡着呢。"

"我向你发誓！"

"此外还有这首愚蠢的欢乐颂，这东西你怎么听得下去！"

"请原谅我。又是我的想象出了错。"

"怎么，你的想象？《第九交响曲》可能还是你写的吧？你敢情把自己看做是贝多芬了？"

"不，我说的话不是这个意思。"

"我从未觉得这首交响曲竟是这么刺耳，不合时宜，叫人讨厌，幼稚夸张，那么天真愚蠢庸俗。我真受不了。这下子，说真的，糟糕透了。这座城堡闹鬼，我不愿意在这里多待一分钟。我求你，咱们走吧。好在天也亮了。"

她下了床。

44

　　天色破晓。我想到维旺·德农小说的最后一幕。城堡密室里的爱情夜，由一名心腹女仆来向这对情人宣布白天来临而结束。骑士匆忙穿上衣服，走出房门，但是在走廊里迷了路。害怕被人发现，他宁可走入花园，装得像个夜里睡得很香、早晨起得很早的人在散步。头脑还是昏昏然，他试图理解自己这场艳遇的意义：T夫人有没有跟她的侯爵情夫一刀两断？正在一刀两断？还是她只想惩罚他一下？这一夜刚才结束了，以后还有没有下文？

　　正当他对这些问题茫然不解时，突然看到面前站着侯爵，T夫人的情人。他刚到，朝骑士急速走了过来。"事情怎么样？"他迫不及待地问。

　　接着的对话，让骑士终于明白他的艳遇是怎么来的：应该把丈夫的注意力转移到一名假情人身上，这项任务就落到了他的头上。

不是个光彩的任务，可以说是个可笑的任务，侯爵带着微笑直认不讳。仿佛为了奖励骑士作出了牺牲，他还跟他说了一些知心话：T夫人是个可亲的女人，尤其矢志不渝。她只有一个缺点：性冷淡。

他们两人回进城堡向丈夫致意。丈夫跟侯爵说话殷勤周到，对骑士则非常怠慢，他嘱咐他赶快离开为是，可爱的侯爵听了这话就提出用他的马车送他。

然后侯爵和骑士一起去问候T夫人。交谈结束，在门前，她有机会跟骑士说上几句热情的话，小说中对这几句话是这么写的："这时候，您的爱在召唤您；被爱的那个女人是值得爱的。［……］再说一遍再见啦。您很讨人喜欢……别把我跟伯爵夫人闹不清。"

"别把我跟伯爵夫人闹不清。"这是T夫人对她的情人说的最后一句话。

紧接着，小说还有最后几句话："我踏上等待我的那辆车子。我要找出这桩艳遇的寓意……我找不到。"

寓意还是有的，寓意是由T夫人体现的：她向自己的丈夫说谎，她向情人侯爵说谎，她向青年骑士说谎。她才是伊壁鸠鲁的真正门生。追求欢乐的良友。温柔的骗子–保护人。幸福的卫士。

142

45

　　小说的情节是由骑士以第一人称叙述的。他一点不知道 T 夫人真正在想什么，说到自己的感情与想法也用字吝啬。这两名人物的内心世界是隐蔽的或半隐蔽的。

　　清晨，侯爵谈到自己的情妇有性冷淡症时，骑士只是暗地里发笑，因为她刚刚向他证明了她完全不是这样。但是除了这点确实无疑以外，就没有其他说得准的事了。T 夫人跟他一起做的事，是属于她日常生活的一部分，还是对她也是偶一为之，甚至完全是唯一的一次外遇？她的心有所触动还是毫无感觉？这个爱情夜会使她嫉妒伯爵夫人吗？她叮嘱骑士的最后几句话出自肺腑，还是在于保全自己？骑士不在会不会引起她相思，还是让她无动于衷？

　　至于他：当侯爵清晨拿他开玩笑时，他回答得很巧妙，做到把局势控制在自己手里。但是他究竟是怎样感觉的呢？他后来离开城堡时又是怎样感觉的呢？他想到的是什么？想到他享受过的快乐还是阅历不深被人当作了笑柄？他认为自己是征服者还是被征服者？幸运儿还是不幸者？

换句话说：人是不是能够寻欢作乐，生活，同时又幸福？享乐主义的理想是不是行得通？这样的希望存在吗？这样的希望总还存在一丝微光吧？

46

　　他累得要死。想躺到床上睡觉，但是不能冒这个风险，他害怕到时候醒不过来。他再迟也得在一小时内动身，他坐到椅子上，把摩托车手头盔扣在头上，想这份重量可以防止他昏昏睡去。但是头顶头盔坐着与防止睡觉没有任何意义。他站起身，决定动身。

　　动身在即，使他想起了蓬特万的形象，啊，蓬特万！他会来问他的。应该对他说些什么？若把发生的事都告诉他，他会直乐，肯定的，他这一伙人都会。因为当说故事的人在自己的生活中扮演一个喜剧角色，这总是好笑的。然而，没有人在这方面胜过蓬特万。譬如他说起跟女秘书的故事，他抓住她的头发是因为他把她跟另一个女人混了起来。但是小心！蓬特万可狡猾啦！每个人都认为他的滑稽故事隐藏着令他自鸣得意的真相。听众会羡慕他有个要求他野的女友，又会心里酸溜溜地想象出一个漂亮的女打字员，和他干了些什么只有天知道了。至于文森特，他若说起游泳池畔进行模拟交媾，每个人都会相信，把他和他的失败开涮一番。

他在房间里踱步，试图把他的故事改动一下，重新组织，再加几笔修饰。第一件事是把模拟交媾改为真实交媾。他构思那些人下楼朝游泳池走来，看到他们颠鸾倒凤感到吃惊和入迷；他们赶快脱衣服，有的人瞧着他们，有的人模仿他们，当文森特和朱丽看到周围正展开一场轰轰烈烈精彩绝伦的集体交欢，他们犹如导演作了精致细腻的示范后站起身，还朝那些正在兴头上的一对对人瞧了几秒钟，然后像造物主创造了世界后似的走开了。他们走开了，就像他们相遇，各有各的方向，再也不重逢。

"再也不重逢"，那些可怕的字眼刚刚掠过脑海，他的器官就醒来了；文森特真要拿头去撞墙。

这才奇哉怪也：当他创造交欢场面时，他一蹶不振，非常落寞；相反，当他召唤不在眼前的真正朱丽，他又亢奋得发疯。他于是紧紧抱住他那段云雨情，加上想象，对自己说了一遍又一遍：

他们做爱，一对对人来了，瞧他们，脱衣服，游泳池畔不久只有群体交媾掀起的波涛。最后，把这段黄色短片多次排练以后，他感觉好受了些，器官恢复了理智，几乎趋于平静。

他想象加斯科涅咖啡馆和听他说故事的朋友。蓬特万，露出迷人痴笑的马许，时时引经据典插话的古雅尔，还有其他人。他最后总结说："我的朋友，我是在为你们大家做爱，你们所有人的阳具都参加了这次场面壮观的盛举，我做了你们的代理人，我做了你们的大使，你们的性交议员，你们的雇佣阳具，我曾是个复数阳具！"

他在房里踱来踱去，几次大声重复最后一个句子。复数阳具，真是绝妙的发现！然后（难受的亢奋已经完全消失）他拿起了公事包往外走。

47

　　薇拉去接待处结账，我提了一只小箱子下楼朝停在院子里的汽车走去。庸俗的《第九交响曲》妨碍我的妻子安睡，使我们提前离开这个我感觉很舒服的地方，我感到遗憾，用忧伤的目光环顾四周。城堡门前的台阶。当马车在夜色初降时停下，冷淡有礼的丈夫就是在那里迎接由青年骑士陪伴归来的妻子。约十小时后，骑士也是从那里出来，这时他一个人，没有其他人陪同。

　　T夫人的房门在他身后关上后，他听到侯爵的笑声，立即另一个笑声——女性的——接了上来。在这一秒钟，他放慢了脚步：他们为什么笑？他们在嘲笑他吗？然后他不愿再听到什么，毫不迟疑往出口走去；可是在他的灵魂中，他总是听到这声笑；他摆脱不了，确实，他以后也未能摆脱。他记起侯爵这句话："你不觉得自己的角色多么好笑吗？"清晨时侯爵向他提出这个狡黠的问题时，他面不改色。他知道侯爵戴了绿帽子，乐呵呵地对自己说，T夫人要么正要离开侯爵，他肯定可以再见到她，要么她愿意报复，他也有可能再见到她（因为今日报复的人明日也会报复）。这个想法一小时以前他还是有的。但是听了T夫人最后说的几句话后，一切变得清楚了：这一夜过了就过了。明日不再来。

他走出城堡，一早清凉孤寂；他想他刚度过的一夜除了这个笑声不会给他留下什么：这件轶事会到处流传，而他成为一个喜剧人物。哪个女人都不会看中一个喜剧人物，这是人所共知的事实。他们不需征求他的同意，就把小丑帽子戴到他头上，他觉得自己会被它压垮的。他听到自己灵魂里那个反抗的声音，敦促他说一说他的故事，原原本本地说出来，高声说，对谁都说。

但是他知道他做不到。做个粗野的人比做个可笑的人还要糟糕。他不能背叛T夫人，他是不会背叛她的。

48

　　文森特通过另一扇前往接待处的暗门，往外走到了院子里。他总是竭力对着自我叙述游泳池畔的淫会，不再是为了它有平息亢奋的效果（他早已不亢奋了），而是为了掩盖对朱丽刻骨铭心的回忆。他知道只有虚构的故事才会使他忘记真正发生过的事情。他要立即高声叙述这则新故事，一本正经大说假话，宣称那场使他失去朱丽的可悲的模拟交媾，纯属子虚乌有。

　　"我曾是个复数阳具。"他再三说个不停，紧接着他听到蓬特万心领神会的笑声，他看到马许迷人的微笑，还对他说："你是个复数阳具，从今以后谁想起你，不会是别的，就是个复数阳具。"这个想法叫他喜欢，他微笑了。

　　当他对着他停在院子另一边的摩托车走去时，他看见一个人，比他年轻一些，穿了一件年代久远的服饰，朝他的方向走过来。

文森特盯着他看，不胜惊讶。哦，经过这个荒谬之夜，他竟会神经错乱到了那种地步么，他没法理智地向自己解释这个人的出现。这是个穿古装的演员？可能跟那个电视台女人有关？可能他们昨天在城堡里拍一则广告片？但是当他们四目相视时，他看到这个青年目光中流露出真诚的惊愕，演员决不会有这样的神色。

49

青年骑士瞧一瞧陌生人。主要是头饰引起他注意。二三百年前，骑士去参战才戴上这样的头盔。还有跟头盔同样叫人意料不到的是这个人装束极不风雅。一条裤子又长又宽又没有样子，只有贫困不堪的农民才会穿。可能还有僧侣。

他感觉累了，筋疲力尽，不舒服到了极点。可能他在睡觉，可能他在做梦，可能他在说胡话。终于那个人离他很近，张口说出一句足以使他确信惊讶得有道理的话："你是十八世纪的吗？"

这个问题已够怪诞了，但是这个人的发音更加怪诞，语调闻所未闻，仿佛他是来自域外王国的一名使者，可能在宫廷里学的法语而又没来过法国。这种野腔怪调，叫骑士相信他可能真的来自另一个时代。

"是的，你呢？"他问他。

"我？二十世纪的，"然后他又说，"二十世纪末的。"他还说："我刚过了一个美妙的夜晚。"

这句话骑士听了一惊，说："我也是啊。"

他想到 T 夫人，突然心头涌上一股感激之情。我的上帝，他怎么能对侯爵的笑声那么在意呢？仿佛最重要的事不是他度过的夜晚的美，这种美一直使他神魂颠倒，以致他看见了幽魂，混淆梦境与现实，超越于时光之外。

戴头盔的人又怪腔怪调地说："我刚过了一个美妙无比的夜晚。"

骑士点头，仿佛说是的，我理解你，朋友。还有谁会理解你呢？然后他又想：他答应过保守秘密，他经历过的事对谁都不会说。但是两百年后才泄密，还算是泄密吗？他觉得自由派的上帝差了这个人来见他，就是让他跟他说一说的；让他泄密同时又遵守了不泄密的诺言；让他把自己生命的一刻融入未来的岁月；使之永垂不朽；转化为荣耀。

"你真的是二十世纪的吗？"

"是的，老弟。这个世纪发生过许多了不起的事。风俗自由。我刚才，我还要说一遍，过了一个棒极了的夜晚。"

"我也是。"骑士又说了一次，他准备向他说一说自己的夜晚。

"一个奇异的夜晚，非常奇异，没法信。"戴头盔的人重复说，目光定定地盯住他不放。

骑士从这个目光中看到了不说誓不罢休的欲望。这种欲望中有什么东西叫他心乱。他知道这样急于要说，同时也意味绝对无意去听。骑士碰上了这么要说的欲望，也立刻失去了要说什么的兴趣，顿时看不出有任何理由再跟他待下去。

他感到一阵新的倦意。他用手抚脸，感觉到T夫人留在他指间的爱情气味。这个气味引起他对往事的怀念，他要独自坐在马车里，在梦中被慢慢地带回巴黎。

50

　　穿古装男人在文森特看来很年轻，因而一定会对年长者的忏悔感兴趣。当文森特跟他说了两遍"我过了一个美妙的夜晚"，另一个回答"我也是啊"，他以为在他脸上窥见一个好奇的表情，但是接着好奇的表情突然说不清地不见了，代之以一种几乎无礼的冷漠神情。适于谈知心话的友好气氛只持续了一分钟，就蒸发了。

　　他恼怒地瞧着青年的服饰。这个怪人到底是谁？鞋子上有银扣，绷紧在大腿和屁股上的白色紧身裤，还有胸前满缀的襟饰、丝绒、花边。他用两根手指夹着他系在脖子上的缎带，带笑瞧着他，表示一种滑稽模仿的欣赏态度。

　　这个随意放肆的姿态激怒了穿古装男人。他皱眉蹙额，满面仇恨。他挥动右手，像要捆冒失鬼的耳光。文森特放开缎带，往后退一步。那个人朝他轻蔑地看了一眼，转身朝马车走去。

他对他不屑一顾的轻侮态度，又使文森特深深陷入原先的惶恐不安。一下子他感到自己的软弱。他知道他不会向谁去叙述淫会这件事。他没有力量撒谎。他太悲伤了，撒不了谎。他只有一个想法：赶快忘记这个夜晚，整个糟蹋的夜晚，抹掉，忘掉，埋葬掉——这时候他对速度有着无限的渴望。

他步伐坚定地朝他的摩托车走去。他想他的摩托车，对自己的摩托车充满了爱——他坐上了就会忘记一切，他坐上了就会忘记自己。

51

薇拉钻进车子坐到我身边。

"你瞧那里。"我对她说。

"哪里?"

"那里!这是文森特!你认不出他来了吗?"

"文森特?坐上摩托车的那个人?"

"是啊。我怕他开得太快。我实在替他担心。"

"他爱飙车?他也是?"

"不总是。但是今天他会开得像个疯子。"

"这个城堡闹鬼。谁碰上谁倒霉。我求你启动吧!"

"等会儿。"

我还要瞧一瞧我的骑士,他慢慢走向马车。我要玩味他走路的节奏;他愈往前步子愈慢。这种慢,我相信是一种幸福的标志。

马车夫向他敬礼；他停下，手指往鼻子靠近，然后上车，坐下，缩在角落里，两腿舒适地伸直。马车晃动了，他不久瞌睡起来，然后又醒来。在这段时间内，他竭力靠近黑夜，而黑夜无可挽回地融化在日光中了。

明日不再来。

听众不再有。

朋友，我请你做个幸福的人。我有个隐约的印象，我们唯一的希望取决于你有否能力做个幸福的人。

马车消失在晨雾中，我启动了汽车。

没有一句正经话的小说[①]

弗朗索瓦·里卡尔

1

一眼就可看出,昆德拉的《慢》与他以前的作品有两个不同特点。

首先,这部小说篇幅不长,第一版是一百五十四页;内容简短,才五十一小"章节"。自从《玩笑》(全球版,三百九十五页,七部分,七十二章),尤其《不能承受的生命之轻》(三百九十四页,七部分,一百四十五章),《不朽》(四百一十二页,七部分,一百一十三章)发表以来,我们已经学会把昆德拉的"尺寸",跟内容丰富、结构庞杂去对号,《慢》则与此形成显著的对比。如果说在昆德拉作品中对内容收缩与相对简洁已有预兆，那可能指短篇集《好笑的爱》或《笑忘录》的不同部分；但是这些短篇和部分本身并不是独立完整的故事，它们是穿插在一个更大结构中的组成部分，也由此显出其中的主要意义。昆德拉创作《慢》时，第一次采取一种新形式，不妨称为短小说。短小说的美学从叙事要求紧凑"迅速"来说，跟短篇的美学是接近的；但是从结构扩散与"漫游"来看，又跟短篇小说是远离的。"漫游"中情节、人物与"声音"——故事、议论、"身世"感叹——在这个单一而又复合的空间（书中以高速公路包围中的城堡-酒店和花园为喻）自始至终搅混一起，相互冲撞。

另一个特点；在昆德拉作品中《慢》有一个迥然不同的"开创性"特征，这当然因为这部小说是直接用法语写的。这件事后来果然引起了民族主义的反应，但是这些反应跟小说的真正目标很少关联，目标在另一个意义重大得多的层次上。确实在这种用语改变

---

① 本文首先发表于 B. 麦朗松（Melançon）和 P. 波波维奇（Popovic）合编的《向基尔·马尔可特致敬杂文集》(*Miscellanées en l'honneur de Gilles Marcotte*)，一九九五年，蒙特利尔，菲特斯出版社。

上，在这种对语言至少是理论性的"冷漠"上，包含对一种小说观念的肯定，这观念跟当前的文字崇拜也是很少关联的。根据这种崇拜，根据这种偶像崇拜，文学，包括小说，只是一种文字游戏，有时听任语言的资源和"不可觉察的"权力的支配，有时疯狂追求一个"风格"，也就是说自诩为标新立异的遣词造句，拼凑成一篇"文章"，文章本身就是根本与目的。这样写成的小说经常轻佻空洞，书中可以看到一种写法自成一体，也可以听到一种个性化的"声音"，但是这个写法那么触目，这个声音那么嘈杂，叫我们除此以外也看不到、也听不到什么别的了。就拿今天用法语写成的小说来说吧，大部分作品删除写法的花哨和修辞的"大胆"后，再用简约的散文重叙一遍，那时你们看会留下什么。

《慢》正是用这种"简约的散文"写成的。书里这种散文是最直接，最不花哨，同时也最柔软，尤其是最精确的法语散文。作者的个性和"签名"鲜明夺目，丝毫不见褪色。不管怎样，这还是昆德拉，《生活在别处》或《不能承受的生命之轻》的读者，在这部书里读到的依然是熟悉的昆德拉风格和修辞。这种散文之美——不论是译成法语的还是直接用法语写的——首先在于它谦逊，它拒绝自我欣赏，也就是说它不追求表面效果，而是最大程度配合全局氛围和出场人物，因为首先是人物以及他们的姿态、生存和关系中的"数学"因素，组成小说的真正材质。在这些条件下，语言与文字（一切当然通过它们发生的）从某种意义来说必须回避，让人遗忘，因为正是由于这样遗忘，这样避开读者的欣赏，它们才能充分实现自己的价值，达到这个最高品质：恰到好处。

2

这两个特点——简短与法语创作——不论多么令人惊讶，总的来说还不是主要的。跟昆德拉以前的作品相比，《慢》的最大创新之处，在小说的一幕中得到最恰当的表述，这是薇拉第一次醒来，责备她的小说家丈夫：

你经常跟我说，你要写一部通篇没有一句正经话的小说。

一部逗你一乐的大傻话。我担心这个时刻已经到来了。[……]

（第二十六章）

思索这段话，不但走近了《慢》，也是走近了昆德拉全部小说作品的主要意义。

究竟什么是"没有一句正经话的小说"，什么是"逗人一乐的大傻话"的小说呢？从昆德拉"理论"角度来看（如《小说的艺术》、《被背叛的遗嘱》，还有穿插在昆德拉小说里的全部评论），这可以说是一种绝对小说，一部纯化小说，剔除了一切不是小说的东西，一切不属于小说本位的东西；也就是说保持散文的本位，笑和不确定的本位，总的来说撒旦的本位。在《被背叛的遗嘱》中，昆德拉把小说说成是"道德审判被悬置的疆域"；也可以更广泛地说这是"不正经"的范畴，这决定了小说的固有领域和揭露能量：这是一个正经被悬置的领域。在这里一切动不得的东西，一切自称唯一和无辜的东西，一切道貌岸然强加于人的东西，立刻会被在其中流转的无限轻的空气，怀疑与可笑的空气，溶化、

163

侵蚀、兜底翻。在这种空气的吹拂下，生存、身份、言辞都剥下了面具，暴露出幕后新闻、弄虚作假、误会、既可笑又让人痛快的真实情况。

小说因而是经受不正经考验的生活。我说得不错：考验。因为不正经，若带来轻松的话，同时从动摇基础这一点来说，却也是十分残酷的，因为生命（我的生命、其他人物的生命）都是在这些基础上建立自己的意义与价值的。因而说昆德拉的小说归根结蒂都是具有道德与形而上学的破坏性的故事。但是破坏并不是不经斗争，也就是说不遇到抗争就完成的。人物通过抗争试图拯救他直到那时对自己的生命、欲望、命运所赋予的那份正经，现在生命、欲望、命运受到了不正经的腐蚀性风气的攻击，变得脆弱，有崩溃的危险。一些人物，如《玩笑》的主角路德维克，《爱德华和上帝》（收入《好笑的爱》）的主角爱德华，或《笑忘录》的女主角塔米娜，堪为这方面的典型人物。

这是因为生命、自我、爱情、诗、历史、政治，一切使我相信自己与世界的东西，都是绝对需要正经才得以存在的。因而这

164

一切都要跟崩溃进行抗争、较量、抵制。以至于一个完全不正经的人生显得几乎是不可能的，或者更可以说，像一个极限点，意识上的一条地平线，当然是消极的，但总是地平线，像一切地平线，既近又远，既清晰又不可企及。

对"没有一句正经话的小说"也可说同样的话。这似乎提到一种绝对小说，一种极限小说，小说的一种理想，从某种意义来说，也是福楼拜心目中的"什么都不谈到的小说，……依靠文笔的内在力量挺然而立"[①]，或者瓦莱里所说的"纯粹的诗，……诗人的欲望、努力与力量的理想极限"[②]。作为纯粹的诗，就是排除任何散文痕迹的诗，同样，据昆德拉的意思，纯粹的小说中不存在任何"非小说"成分，也就是"正经"成分。

于是就像薇拉提到的，"正经（保护着）"；它保护着小说家不受"等待着"他的"狼"的袭击；但是它还保护小说家自己，

[①] 福楼拜（G. Flaubert）《致路易丝·科莱的信》（*Lettre à Louise Collet*），一八五二年一月十六日。

[②] 瓦莱里（P. Valéry）《诗人的笔记》（*Calepin d'un Poète*），载于《作品》（*Œuvres*），巴黎伽里玛出版社，七星文库，一九五七年，卷一页一四六三。

保护狼自己和读者不受小说及其渗出的致命毒素的影响。这里当然会想起昆德拉对"卡夫卡学",对拉伯雷或海明威作品遭到正经可怕的歪曲评论时所能说的一切话……但是昆德拉本人的小说又有怎样的遭遇呢？直到目前为止,薇拉说,"正经保护着你"。对他在《慢》以前出版的作品作出这样的"评论"应该怎样理解呢?《玩笑》、《告别圆舞曲》、《不能承受的生命之轻》,这都是些"正经"的小说吗?

事实上,应该把薇拉的看法当作一个讽刺的,也恰是不正经的看法：在以前的小说里保护着"狼"的那个正经,是狼自己为了满足自己的欲壑而在里面找到的正经,也就是说,可以给他们作为诱饵的一切,而舍弃了这些小说中的根本的、不正经的、因而不可容忍的意义。举例来说,在《笑忘录》以前,甚至在《不能承受的生命之轻》以前,他们自我陶醉,在昆德拉作品中读到了一名不同政见者提供的催人泪下的"证词";然后,在《不朽》中是另一份"证词",这次提供的是一名厌恶西方民主制度罪恶的老不同政见者。这样,正经安全了,狼的良心也随着安全了。

但是这类诱饵在《慢》里就不那么好找了，书中没有多少"思想"或者"立场"作为依据。书里一切都浸泡在笑与轻的净水里。就像在阅读拉伯雷、狄德罗，在观看木偶戏、哑剧。大家都在不正经世界上赤裸裸，疯癫癫，作秀，高唱凯歌。

3

《慢》利用不正经的浪漫幻想资源和可能性，继昆德拉的其他小说之后，提供了一个新的写照。具体来说，这部小说是用不正经的两大调式来演奏的，两者的对位配器是小说结构的钥匙之一。这两种调式，一种可以称为滑稽模仿调，另一种称为抒情调。这与对待不正经世界的两种态度是相呼应的，或者说得更确切些，跟生存中的两种可能结果是相呼应的。

第一种调式当然又明显又可笑。在《慢》一书中，滑稽模仿调式反映了聚集在城堡-酒店的"当代"人物的面目与历史。在沉睡的薇拉周围，城堡-酒店也就成了一座舞台，演出一幕媒体-色情大闹剧，笑料迭出，一个比一个诙谐风趣。这里的喜剧性主要表现在人物的无意识性，也就是说他们并不知道他们的处境与命运的不正经。从杜贝尔克到捷克学者，从贝尔克-伊玛居拉塔到文森特-朱丽，都多少属于出色的昆德拉无辜者画廊（弗莱希曼、埃莱娜、雅罗米尔、爱德维奇、洛拉），他们行动，他们思想，仿佛他们的生活与自身真有他们认为的那样重要，那样有意义似的，这使他们不断地——惹人好笑地——进行模仿，为了在自己眼里，在其他人眼里"保持正经"。"舞蹈家"这些人物，同时也是骗子，像文森特假装勃起，伊玛居拉塔玩弄自杀，贝尔克（也有文森特）号召"反抗不由我们选择的人类处境"。但是在小说的不正经领域里，他们的装腔作势，不可避免地成了滑天下之大稽的精彩写照，尤其是一网打尽傻瓜蛋游戏的辉煌胜利。

然而，滑稽模仿不是不正经的唯一面目，可能也不是它最美的面目。还有另一种面目，也是非常忠实的。在《慢》这部书中，就是 T 夫人和她的一夜情骑士的面目，这两个人物都来自维旺·德农的短篇小说，但是也属于典型的昆德拉系列，系列中有哈维尔医生（《好笑的爱》）、四十来岁中年男人（《生活在别处》），或者在各自故事结尾时"幻想破灭"的主角，如路德维克（《玩笑》）、阿涅丝（《不朽》）或小狗卡列宁床头的托马斯（《不能承受的生命之轻》）。这些人物的共同特征，是他们大家都用某种方式跨过了"国境线"，逃亡在外，同意接受他们的命运的无价值性。他们受到这样的剥夺，也就把不正经世界当作故乡居住。

他们的爱情之夜，T夫人和骑士都知道没有明天，也没有重力。他们并不为之难受，不大声疾呼反抗人类的处境，反而尽量享受他们的幽会，不用郑重其事对待，只需品味暂时的甜甜蜜蜜，精心计算流逝的时光，预先设计这其间的举手投足与辞令，从中得到终生难忘的乐趣。没有明日，缺少深沉，不但不影响欢乐，反而使欢乐更加强烈，更加珍贵。

因此，有一种和平与一种美，是跟不正经相连的；有一种和平与一种美是由不正经而产生的，没有它是不会实现的。这不是聊以自慰，而是一种偏爱的表达方式，比如在华托的画上见到的，在莫扎特《唐璜》中听到的。这种表达方式，这种调式，为了跟前者区别，我称之为抒情调式。但是必须注意词的含义。滑稽模仿与抒情不因相反而相互排斥，它们可以说还是相互补充的，相互支持的，两者的依托就是对世界和我们生命的不正经，有同样的思考，同样的意识，同样的看法。在 T 夫人与骑士四周笼罩的神奇夜色下，他们脚下流淌的河水潺潺声中，他们抚摸与亲吻之际，在这一片静默，在这慢悠悠与美的中间，响起了窃笑声。

4

从主旋律的观点来看，《慢》采用典型的昆德拉手法，形成一系列对位法结构。不用进入细节就可说出游戏是在两大组对比强烈的人群之间展开的，一边是慢、过去、骑士，用"抒情"调式处理，一边是快、现在、文森特，"滑稽模仿"对象。但是还有另一种对比，值得文章结束时谈一谈，因为它还是阐明了昆德拉的"不正经"范畴，这就是公开与隐私的对比。

小说末了，骑士在 T 夫人家度过爱情之夜，跟文森特邂逅后，乘上侯爵的马车启程了，大家读到这几字，也是维旺·德农短篇的篇名，概述了情人刚完成的事：明日不再来。但是立刻又加上这另一句话：

听众不会有。

骑士与 T 夫人这段艳情的完美，换句话来说，不但在于它今后不会有任何结果，还在于它保持严密的隐私性。当然侯爵，还有 T 夫人的丈夫，对事情是心中有数的，但是她与骑士之间究竟发生了什么，这两人还是不知就里。只有情人才知道，他们知道也不会对谁去说的。

在十八世纪与二十世纪之间，在《明日不再来》的世界与我们的世界之间，不只是从慢的时代转入到快的时代，也是从保守秘密的时代转入到传播张扬的时代，从"舞蹈"时代转入到"舞蹈家"时代；舞蹈作为艺术，把自身隐藏在时间、姿态、语言和感情的综合安排中（犹如 T 夫人的夜间礼仪：这是爱情的编舞），而舞蹈家是一个膨胀的自我在手舞足蹈，要把世界置于自己之下。关于这个过程，关于这场生存"革命"，小说背景最能说明问

171

题了：城堡改成了酒店，私人府邸向大众开放，交换亲情的地方变为会议大厅。T夫人和骑士，先在花园散步，后又躲入镜室内，始终避人耳目；没有旁听人，没有目击者。文森特和会议出席者则相反，在那里就是要引人注目，因为没有目击者，他们的生活就毫无意义了。

于是，需要引人注目，也就是需要从他人那里获取对自身存在、自身价值的确认，这是不正经的典型敌人。大人物犯的最大错误，说明他不是大人物的最可靠标志——泰斯特先生 ① 差不多这样说——就是他炒得自己人人知道的。因为一切广告宣传都要求我把自己交给狼，要求我喂它们需要的饲料，这个饲料就是正经。正经迫使我装得对自己好像很有信心，这就必然使我陷入可笑的境地。

在他们那个消失的世纪的深处，T夫人和骑士甚至连名字也没有留下。可能他们没有自我。不管怎样，他们不需要保护什么，

---

① M. Teste，出自瓦莱里的作品《与泰斯特先生在一起的晚上》。

证明什么，不乞求人家的喝彩。他们唯一的价值，就在于暗地里交换欢乐，不无调侃地意识到，他们的爱情游戏服从于一首普天下情人都踏着它的节拍跳舞的乐曲。

Milan Kundera

La lenteur

图字:09-2002-461 号

图书在版编目(CIP)数据

慢/(法)米兰·昆德拉著;马振骋译. —上海:
上海译文出版社,2022.2 (2025.5重印)
   ISBN 978-7-5327-8984-9

   Ⅰ.①慢⋯ Ⅱ.①米⋯②马⋯ Ⅲ.①长篇小说-法
国-现代 Ⅳ.①I565.45

   中国版本图书馆 CIP 数据核字(2022)第 019448 号

慢 La lenteur	MILAN KUNDERA 米兰·昆德拉 著 马振骋 译	出版统筹 赵武平 责任编辑 李月敏 装帧设计 董茹嘉

上海译文出版社有限公司出版、发行
网址:www.yiwen.com.cn
201101 上海市闵行区号景路 159 弄 B 座
上海景条印刷有限公司印刷

开本 890×1240 1/32 印张 5.5 插页 2 字数 55,000
2022 年 4 月第 1 版 2025 年 5 月第 4 次印刷

ISBN 978-7-5327-8984-9
定价:42.00 元